Robert Deuml

Na denn Prost

Impressum

Bibliografische Information der Deutschen Nationalbibliothek
Die Deutsche Nationalbibliothek verzeichnet diese Publikation
in der Deutschen Nationalbibliografie; detaillierte bibliografische
Daten sind im Internet über http://dnb.dnb.de abrufbar.
1.Auflage März 2020

Herstellung und Verlag
BoD – Books on Demand, Norderstedt

ISBN: 978-3-7504-6994-5

Inhalt

Vorwort

Na denn Prost! Ha, diese vier Buchstaben – äh, es sind natürlich fünf – müssten jedem gestandenen Kerl wie auch unseren Damen nicht fremd vorkommen. Warum auch? So ein Mensch, der tagtäglich wie ein Ochse um seinen kläglichen Unterhalt schuftet, braucht zuweilen neue Inspiration für alles Weitere, um in dieser komplexen Welt zu bestehen. Und was käme dafür in die engere Wahl? Bier! Genau dieser edle Gerstensaft vertreibt so manche Sorgen.

Wäre da nur nicht der eigene Partner! Besonders die Herrschaften aus der Fraktion der Frauen haben so manche **(eingebildete)** Probleme mit ihren ständig Bier süffelnden Herren! Und so zweifelt die eine oder andre Dame am Verstand ihres Herzblattes. Doch man muss ehrlich zugeben, dass besonders die Männer regelrecht zu einem zügellosen Dasein gezwungen werden. Der moderne Arbeitssklave kennt es gar nicht anders! Denn Probleme warten auf arme Sünder an allen Ecken! Die Menschen des Technikzeitalters werden von den alltäglichen Schikanen in besonderem Maße ins Visier genommen. Mehr noch, die Männer werden geradezu gezwungen, betrunken und ruhelos durchs

Leben zu rennen! Und das Drama wartet nur darauf, die armen Geschundenen bis aufs Mark zu traktieren.

Besonders dem von den Göttern so attraktiv gestalteten Geschlecht der Männer werden ungerechte Streicheleinheiten, die uns der Teufel – oder Satan – zukommen lässt, auf seine breiten Schultern gelegt. Ich will ja kein Pessimist sein, aber so ein Gequälter aus der Männergilde kann den kräfteraubenden Alltag kaum ohne Zuhilfenahme von Bier und Co. dauerhaft bestehen. Meine Damen, ihr glaubt das nicht? Nun es ist ein ewiges Naturgesetz, dass Männer ohne diese harmonisierenden Mittelchen zuweilen recht blass aussehen würden.

Also ihr lieben Frauen, habt ein bisschen Verständnis mit eurem Schatz!

Doch ein Quantum Vorsicht sollte so eine Dame schon an den Tag legen. Besonders dann, wenn ein abgefüllter Kerl mit müden Augen und schwachen Beinen vor seiner Liebsten liegt. Denn nur in den seltensten Fällen werden Sie als zukünftige Braut in dieser heiklen Situation von Ihrem Liebsten einen von Romantik durchtränkten Heiratsantrag empfangen. Der besoffene Kerl kniet nicht vor Ihnen, um Ihnen seine ewige Liebe zu gestehen, das wäre ja zu schön. Nein, er, der tapfere Held, durchlebt gerade wegen eines berauschenden Spieleabends unter

Seinesgleichen eine kleine Krise. Er kann sich halt nicht mehr so recht auf den Beinen halten. Schlimm? Aber nicht doch! Eine Frau kann sich immer noch – vorausgesetzt, so eine Dame kann mit dem Müll, was ihr Galan gerade von sich gibt, etwas anfangen – hervorragend unterhalten. Und nachdem Ihr Euch zwei Turteltäubchen nett mit lieblichen Kosenamen **(Drecksau, Saufkopf und ähnliches, um nur einige zu nennen!)** bombardiert habt, dürfen Sie meine Dame zum Finale des Abends an ihrem Herrn eine ihm bekannt vorkommende Zeremonie in Form eines schmerzhaften Strafgerichts zelebrieren. Meine Damen, auch wenn Ihr Bräutigam zum soundsovielten Male vor Ihren Füßen liegt, sollte eine verantwortungsvolle Dame ein Quantum Verständnis aufkommen lassen und ihrem Göttergatten das bisschen Leben vor dem Tode gönnen. Der Lauser feiert innerhalb einer Woche ja eh nur fünf Tage, die restlichen zwei verbringt er – um sich zu erholen – im Kreise seiner Familie.

„Nur zwei Tage" werden mir manche Damen entgegen schreien,

„und die anderen fünf sind dazu da, dass der Penner wie eine auf dem Rücken liegende Schildkröte vor unseren Füßen liegt und hilferufend nach einem Eimer bittet!"

Aber ja doch! Das muss, um den Familienfrieden aufrecht zu halten, genügen. Dabei sollt gerade Ihr Frauen froh sein, Ihr seid es doch, die mit Attributen ausgestattet wurden, die uns Männern den Kopf verdrehen! **(Damit sind eigentlich nur die Frauen gemeint, mit denen wir keinen Ehevertrag geschlossen haben. So wie die attraktive Nachbarin von nebenan!)** Eure Bitte um mehr Abwechslung? Welcher Mann soll das verstehen? Ihr Ehefrauen habt doch alles! Aber was haben wir Männer? Viel zu wenig!

Wir Männer sind eben zu bescheiden, wir haben eh nur Fußball, Spielkarten, Bier und hin und wieder andre Frauen im Kopf. So eine Dame kann doch - was Abwechslung betrifft - aus dem Vollen schöpfen. Man bedenke nur mal, wie erbauend es für eine Ehefrau doch ist, sich bedingungslos den ganzen Tag hindurch dem Haushalt zu stellen! Und nebenbei kann sie für das Wohl des Gatten - der nach einer Kneipentournee heimgekehrt ist - und für zwei oder drei Kinderlein sorgen.

Was kann es schöneres geben als das tägliche Staubsaugen, Fensterputzen, Bügeln und Sorge dafür tragen, dass jeden Abend pünktlich das Nachtmahl für die familiäre Raubtiermeute auf dem Esstisch steht.

So eine Hausfrau wird beim Anblick ihrer

schmatzenden Liebsten im Glück baden. Dafür lebt und liebt eine Ehefrau und Mutter! Und wir Männer? Uns Männern bleibt halt nur das Feiern im Kreise der Stammtischbrüder! Andere Frauen? Na ja, darauf sollte kein anständiger Ehemann stolz sein! Zugegeben, das Testen von Matratzensprungfedern im Bett einer fremden Dame kommt ja hin und wieder vor, aber nur sehr, sehr selten! Vielleicht ein bis zweimal im Jahr, mehr nicht!

An den Tagen, an denen wir Männer - ich gehör' ja auch dazu - in der Obhut der Familie verweilen, erholen wir uns von den Strapazen der letzten Tage gerne auf dem Sofa. Für eine in der Wohnung umherwieselnde Dame hat diese Erholungsphase ihres Herrn Gatten den Anschein, als würde er mit der Fernbedienung in der rechten und der Chipstüte in der linken Hand auf dem Familiensofa regelrecht verfaulen. Irrtum! Männer faulen nicht, wir bilden uns, indem wir das Fußballspiel unseres Lieblingsvereins studieren. Euch Frauen sei gesagt, solange der Herr des Hauses ein kleines bisschen feiern kann, verzeiht er sogar, wenn am Sonntag der Schweinebraten angebrannt ist. Männer leben für Toleranz und für ein gesundes Umfeld innerhalb der Familie. Und aus diesem Grund habe ich, was menschliche Dramen betrifft, einige lehrreiche Story's geschrieben. Hierbei handelt es sich nicht ausschließlich um besoffene Männer, nein, aber das Baden im Alkohol hilft so manchem von uns über die täglich anstehenden Probleme hinweg, die uns heimsuchen. Wir – ob nun Frau oder Mann – müssen uns jederzeit davor fürchten, uns nicht in der Mausefalle, die sich Chaos nennt, wiederzufinden! Und um dieses Schicksal zu umgehen, hilft nur das eine, wir müssen uns den modernen Gesetzen beugen, den Kopf aufrecht halten und uns mit Stolz gegen alle Widrigkeiten, die uns das Leben bietet, entgegenstemmen!

Und natürlich Bier trinken!

Ganz, ganz wichtig!

In diesem Sinne,

Euer Deuml

1 Mechanix Technokratix Verstehnix

oder Robert Deuml

Denken auch Sie sich, dass Sie ein freier und ein Selbstentscheider sind? Ja! Dann - mein Freund - wandeln Sie auf direktem Wege hin zum holprigen Holzweg. Denn eines sei vorweggesagt, wer frei ist, bestimmen nicht die Betroffenen selbst, sondern allein die Wirtschaft mit ihrer gnadenlosen Konsumpeitsche. Bei mir war es nicht anders, auch ich wurde zum Sklaven der modernen Zeit und seiner alles beherrschenden Technik, obwohl man uns Unwissenden versprich, dass die technische Revolution den Tagesablauf um vieles leichter werden würde. Da kommen bei mir mittlerweile – wie Sie gleich erfahren werden - schwerwiegende Zweifel auf. Meine Melancholie begann damit, dass man mir unter dem fadenscheinigen Vorwand, jeder sollte so ein neumodisches Teil besitzen, das neueste Handy aufzuschwatzen versuchte. Versuchte? Nein! Der dreiste Kerl im Telefonladen schaffte es, er war so gewieft, dass ich nun ein freiwilliger, aber verzweifelter Besitzer jenes Kommunikationsgerät bin. Verzweifelt deshalb, weil mir so eine Apparatur, die technisches Wissen voraussetzt, stets suspekt vorkam. Doch bitte, lassen Sie mich von Anfang an erzählen:

Um mir so ein neumodisches Handy mit allem Drum und Dran anzueignen, ging ich in einen Laden, der mit Mobiltelefonen um die Wette dealte. Und solche gibt es in unseren Landen – wie sich jeder denken kann - zu Millionen. Ich muss zugeben, dass ich mich von dem Angebot, ein Handy für gerade mal einen Euro von der Handyindustrie, verschaukeln ließ. **(Allesamt sind die, die uns Unwissenden solche Dinger andrehen, miese Raffgeier!)**

Nur ein Euro! Das hört sich für einen sparsamen Schwaben wie mich sehr verlockend an! Ich dachte, dass so ein Ding schon den einen Euro wert sei. Doch ich sollte mich, was den eigentlichen Preis betrifft, schon ein bisschen irren. Wie immer hat so ein verlockendes Angebot einen versteckten Haken!

„Mein Herr", sprach der Verkäufer,

„dieser eine Euro ist nur als Obolus für einen Zweijahres-Vertrag gedacht."

„Und", fragte ich,

„was kostet mich so ein Vertrag tatsächlich?", fragte ich.

Ich bekam wie zu erwarten eine niederschmetternde Antwort:

„Nur 28,99 im Monat!"

„Wie bitte!", rief ich erzürnt aus,

„nur? Ich soll Euch Geier jeden Monat fast dreißig Euro auf den Ladentisch legen! Und, was bekomme ich als Gegenleistung?"

„Fünfhundert Freiminuten und außerdem zweihundert SMS gratis.", bekam ich zur Antwort. Um mich von dem ersten Schock zu beruhigen, brauchte ich erst mal etwas Zeit. Ich überlegte. Und nach einigen Minuten des Grübelns sagte ich zu den mir gegenüberstehenden Herrn:

„Können wir die zweihundert SMS zu den Freiminuten hinzuzählen? Denn das SMS-Schreiben, möcht' ich gleich zu Beginn erwähnen, ist nicht so mein Ding!"

„Aber ja", sagte der Verkäufer,

„lässt sich machen, aber dann erhöht sich der monatliche Betrag. Bei Vertragsänderungen wird ihr Konto nicht mit 28,99 sondern mit 35,00 Euro belastet."

Aha, da war er also, der Haken! Mir blieb nichts Anderes übrig, als mich der Wirtschaft und seinen ausbeuterischen Gebärden unterzuordnen. Nicht gerade glücklich über das, was mir der Verkäufer unterbreitete, ließ ich mir das gesamte Sortiment der im Laden befindlichen Handys vorführen.

Da gab es für jeden Geschmack das richtige Teil.

Es gab kleine, die in jede Hosentasche passen,

um es dann bei einer intim erotischen Begegnung schnell wieder zu verlieren, oder riesige Teile, die einem Laptop sehr nahekommen. Zu meinem Erstaunen gab es auch verschiedene Farbnuancen, wie rot, braun oder gediegenes schwarz. Und auch ein Handy mit Gold war dabei. Na ja, als wenn die Farbe das Wichtigste beim Telefonieren sei! Der Verkaufsberater redete wie eine besorgte Mutter auf mich ein. Der Kerl sprach von einer hoch auflösenden Kamera, die qualitativ hervorragende Fotos machen konnte, aber auch von Speicherkapazitäten und Gigabits oder gar Megabits' und unendlichen Akkuleistungen. Als wenn einer wie ich wüsste, von was der Kerl vor mir eigentlich redet. Mir dröhnten mittlerweile meine Ohren. Kein normaler Mensch, der wie ich auch als Techniksaurier das Licht der Welt erblickt hatte, versteht das wirre Gesabber des provisionsgeilen Verkäufers. Interessant wurde es erst, als er anfing mir so ein Handyteil anzubieten, indem er es in besonderem Maße hervorhob. Besonders deshalb, weil man - wie er mir versicherte - mit dem jeweiligen Handy weltweit durchs Internet surfen konnte.

„Surfen? Aha!", sagte ich,

„wie soll das von sich gehen? Das kleine Ding sieht mir nicht stabil genug aus, um darauf zu surfen! Ha, ha, ein kleiner Scherz meinerseits!

Aber im Ernst, kann man damit auch telefonieren?"

„Mein Herr", sagte der Verkäufer, indem er mich sehr irritiert ansah,

„kann es sein, dass Sie sich im Handymetier nicht so recht auskennen!"

„Wieso", antwortete ich,

„merkt man mir das an?"

Der Verkäufer sagte nichts, er sah nur rüber zu seinen Kollegen und der schüttelte nur den Kopf, als würde er sagen wollen:

„Fred, lass es, bei dem Kerl ist Hopfen und Malz verloren!"

Um nicht als vollkommener Loser einsam und von den neu hinzugekommenen Göttern aus dem Bereich Technik verlassen im Raum zu stehen, entschied ich mich für ein rotes Handy. Es sah gut aus und lag mir gut in der Hand. Eben dieses Edelteil mit fünfhundert Freiminuten und den zweihundert gratis SMS, das in ein Korsett eines zweijährigen Knebelvertrags gezwängt wurde. Ich freute mich und der Verkäufer umso mehr, dass er mich endlich loshatte. Zuhause packte ich meine neue Technikerrungenschaft aus und sah mir das ganze Equipment sehr, sehr lange an. Nach zwei Stunden wusste ich immer noch nicht so recht, was ich mit den Einzelteilen, die auf meinem Küchentisch verstreut herumlagen, anfangen sollte. Telefonieren? Nein, zuerst waren noch einige Anweisungen zu bewerkstelligen. Und dafür half mir laut des Verkäufers die beiliegende Gebrauchsanweisung!?!? Was für ein Witz! Den Verkäufer und seinen Kollegen wünsche ich die Krätze an den Arsch!

Obwohl ich Betriebsanleitungen wie die Cholera hasse, blätterte ich trotzdem in dem beiliegenden Heftchen.

Leider muss ich mir selbst eingestehen, dass das Lesen von solchen Anleitungen nicht gerade meine Stärke ist. Ich verstand kein einziges Wort, was in diesem nutzlosen Papier stand. Bitte nicht falsch verstehen, ich bin des Lesens mächtig, aber technische Begriffe...!?!? Da kann ein Normalbürger schon mal in eine unfeine Schwermut verfallen! Da tue ich mich beim Durchstudieren der Menükarte meines Lieblingsitalieners schon um einiges leichter! Na ja, das eine ist halt die Zukunft des Telefonierens, eigentlich nicht gar so wichtig wie ich finde. Und das andere kam direkt aus den italienischen Kochtöpfen wie Pasta oder Pizza, allein schon das Hörensagen bedeutet für einen wie mich pure Leidenschaft. Zurück zur Techniklektüre! Ich kam mir beim Durchlesen der Texte vor, als würde ich als Deutscher eine chinesische Anleitung für ein Handy lesen, das mir mehr ein Folterinstrument zu sein scheint. Aber jetzt war es zu spät! Ich habe den Vertrag in nüchternem Zustand – also ohne Zuhilfenahme von Alkoholika unterschrieben. Und mit dieser Signatur bin ich ein zahlender Sklave eines Mobiltelefons. Was sollte ich tun? Das Teil wutentbrannt auf den Müll werfen? Nein, dafür war mir mein Geldeinsatz dann doch zu schade! Dafür, dass ich mich übers Ohr hauen ließ, könnte ich mich zwei Jahre durchgehend – solange währt der Vertrag – eine aufs Maul hauen.

Doch irgendwann auf Seite achtundzwanzig sprang es mich an. Was? Ich las von einem Teil, das sich SIM-Karte nannte.

„SIM-Karte", dachte ich mir,

„hm, hab ich so was?"

Ich durchwühlte fieberhaft die Verpackung, in dem sich das Handy befand und suchte nach etwas, das einer sogenannten SIM-Karte nahekam. Und, und! Ja, ich fand das Teil! Aber was sollte ich mit dieser Karte denn nun anstellen? Wie soll es weitergehen? Wieder ein Blick in die Anleitung. Und dort stand - wie meist in Betriebsanleitungen üblich - ein Deutsch, das nur Chinesen lesen können:

„Nehmen Sie die Abdeckung für den
 SIM-Speicherkarteneinschub ab."

„Äh", dachte ich mir,

„wo ist denn nun diese Abdeckung, die ich zuerst abnehmen soll?"

Um nicht restlos an meinem angeknacksten Nervenkostüm zu verzweifeln, hatte ich noch einen Joker im Ärmel. Mein Neffe Christian! Dieser technikbegeisterte Lauser – der ja als der Alleinerbe meines Millionenimperiums gilt - wusste immer einen Rat, wenn meine Fantasie in Technikdingen zu versagen drohte.

Also griff ich zu dem alt-herkömmlichen Festnetztelefon, eines ohne Freiminuten und Gratis SMS.

„Hallo Chris", sprach ich ins Telefon.

„Hey Onkel Robert", antwortete mein rotzfrecher Neffe,

„kennst Dich wieder mal nicht mit der Technik aus! Hab ich Recht! Also sag schon, wo brennt es?"

Ich erklärte ihm mein Anliegen.

„Christian, ich hab mir das neueste Handy besorgt, nun habe ich eine Frage an Dich. In welches Schubfach kommt denn nun eine SIM-Karte?"

„Nein, nicht schon wieder!", antwortete mir Christian,

„Onkel, nimm das Handy dreh es es um. An der linken Seite findest Du einen Schlitz und dort schiebst Du die Karte rein. Verstanden?"

„Ah", sagte ich,

„so geht das!"

„Ja Onkel", bekam ich von meinem ungeduldigen Neffen zur Antwort,

„so einfach geht das!"

Und tatsächlich, ich fand diesen besagten Schlitz, und nebenbei las ich in der Bedienungsanleitung wo ich diese Karte denn nun reinschieben soll. Toll! Jetzt hilft mir die Anleitung, nachdem ich mich als Technik-Loser geoutet habe. Meinen Neffen anrufen, um mich bei ihm zu blamieren, hätte ich mir sparen können! Ich las von Neuem:

„Ziehen Sie mit den Fingernägeln die Halterung für die SIM-Karte heraus. Dann setzen Sie die SIM-Karte fest und richtig herum – wie in der Abbildung gezeigt – ein."

„Welche Abbildung? Und welche Fingernägel, ich habe zurzeit keine mehr?", sagte ich zu mir, „Meine Vorder- und Hinterhufe habe ich gestern beim Fernsehen in einer feierlichen Szenerie bis zur Basis rundgeschliffen!"

Ich suchte weiter wie einer, dessen Leben vom Einsetzen von SIM-Karten abhängt, und fand nach einer halben Stunde, nachdem ich gesucht hatte,

„ah, das ist sie ja, das elende Miststück!"

Ich drehte die Zeichnung in alle Richtungen. Auf allen Seiten sah das, was ich darauf sah, ziemlich gleich aus. Wo in Gottes Namen steht

denn nun, wie es mit der Karte im Einschub-
schlitz weitergehen soll?
Ein weiterer Griff zum Telefon.
„Hallo Christian", sagte ich,
„ich bin's nochmal, Dein Onkel Robert. Ich
finde den Schlitz nicht, in den ich die ver-
dammte SIM-Karte reinschieben kann? Du hast
ja eh' nichts zu tun, also wohin soll ich das Ding
hinschieben?"
„Onkel", antwortete mir mein Neffe,
„schieb' Dir das Ding in den …! Gerade heute,
wo Bayern München gegen den HSV spielt,
nervst du mich mit Deinem Handy. Also nochmal von vorne: Taste Dich rundum mit Deinen
Gichtfingern um das Handy herum und wenn
Du so etwas, das nach einer Öffnung aussieht,
findest, mach es auf und schieb die SIM-Karte
in einer feierlichen Zeremonie in den besagten
Schlitz. Danach schließt Du es und schon ist das
Problem vom Einsetzen einer SIM-Karte ein für
alle Mal gelöst! Und wenn Du mich nochmal
nervst, verzichte ich auf das Erbe, indem ich
Dein Handy in den nächsten Fluss werfe!"
Rotzfrech wie eh und je! Ich fand des Rätsels
Lösung! Das Einsetzen einer SIM-Karte war er-
ledigt. Nun konnte nichts mehr schiefgehen!
Ich drückte die Ein-Taste. Und! Und! Scheiße!
Man will es nicht glauben, aber das Handy stellt
sich immer noch tot!

21

„Hallo Christian", sprach ich ein weiteres Mal ins Festnetztelefon,

„ich hab alles, was Du mir gesagt hast, getan, aber das Handy will einfach nicht funktionieren! Was könnte der Grund hierfür sein?"

„Na ja", bekam ich zur Antwort,

„vielleicht kennt sich der Herr Technikingenieur **(damit meinte er mich)** nicht so recht aus. Wegen Dir hab ich das 1:0 von den Bayern verpasst. Danke!

Onkel, Du hast das SIMS-Teil eingeschoben, aber hast Du das Handy auch an den Stromkreislauf angeschlossen?"

„Wieso Strom", antwortete ich,

„davon hat mir keiner was gesagt!"

„Onkel, ich weiß ja, dass die Technik zu Deiner Zeit mit einer Handkurbel betrieben wurde, aber im einundzwanzigsten Jahrhundert benötigt man, um Technik zum Laufen zu bringen das, was sich Strom nennt! Also, nimm den Akkustecker, steck' ihn in eine Steckdose und nach dreißig Minuten – besser noch nach einer Stunde, denn dann ist das Spiel Bayern München gegen HSV zu Ende – müsste Dein Handy bereit sein, damit Du mir Bescheid geben kannst, dass alles am Abstürzen oder Dein Problem endlich Paletti ist!

Mein Neffe hatte Recht! Nachdem der Akku mit Strom gefüttert wurde, funktionierte zu meinem Erstaunen das Handy. Toll! Ich kann richtig stolz auf mich sein!

Um meine Freude zum Ausdruck zu bringen, rief ich als Erstes meinen Neffen an:

„Hallo Chris, mit was glaubst Du, ruf ich Dich an? Rate mal! Komm schon rate!"

„Onkel Robert", antwortete der Angerufene, „doch nicht etwa mit Deinem neuen Handy?"

„Aber ja doch!", sagte ich.

„Er hat es geschafft", rief mein Neffe voller Sarkasmus,

„Was für ein Wunder, mein Onkel kann ein Handy bedienen! Hipp, hipp Hurra! Dieses Ereignis darf der Welt nicht vorenthalten werden, das muss auf jeden Fall ins Facebook. Jeder soll sehen, dass auch die Neuzeit in Onkel Roberts Welt Einzug gehalten hat!"

Der vorlaute Lümmel soll nur so weitermachen! Das Erbe um Christian herum wird mit dieser frechen Aussage immer enger!

Bei all meinen Strapazen, die ich hinter mir habe, um ein Handy in Gang zu bringen, muss ich dem Verkäufer aus dem Handyladen ein Lob aussprechen. Er hatte Recht, indem er das Surfen im Internet in den Himmel lobte. Es gefällt mir eigentlich sehr gut den Damen im Netz zuzusehen, wie sie sich mir in durchsichtigem Tüll und Mieder darboten. In meinem Alter hat man ja nicht mehr so viel Gelegenheit, diese

Grazien in ihrer anmutigen Anatomie zu bewundern. Da kann einer wie ich schon mal ins Schwärmen geraten. Ganze zwei Wochen gönnte ich meinen Augen nur Schönes.

Freudestrahlend wie ein pubertierender Lausbub rief ich meinen Neffen an, um ihm zu berichten, was mir Gutes widerfahren ist.

„Chris, wusstest Du, dass im Internet hunderte Frauen nackt vor den Kameras tanzen?"

„Onkel", antwortete mir Christian,

„lass das sein! Schalt sofort weg! Die Weiber wollen Dich nur abzocken."

„Ach geh", sagte ich,

„Du alter Spielverderber. Gönn' mir doch meinen Spaß!" **(Jetzt bekommt er Skrupel, der Bengel. Wahrscheinlich bangt er um sein Erbe!)**

Ich dachte mir, dass mir die Mädels im Netz auf meine alten Tage noch eine soziale wie auch 'ne kostenlose Freude gönnen wollten. Irrtum!

Die Warnung meines Neffen sollte mich zum Denken auffordern. Das beäugen der Nackedeis kostete mich ein Vermögen! Sechshundert achtundzwanzig Euro, um genau zu sein!

„Geldgierige Tucken!", schrie ich.

Trotz immenser Beschwerden, die ich gegen den Himmel richtete, durfte ich den nackten und wahrscheinlich frierenden Damen im Netz allesamt zu wärmender Kleidung verhelfen.

24

Das Bibelgebot „**liebe Deinen Nächsten**" fand in mir eine völlig neue Bedeutung!

Der Frust hatte mich fest im Griff! Ich war von gierigen Geiern umgeben! Das war's! Um mich zu schützen, befreite ich mich von dem bösartigen Handy. Ich verschenkte es an meinen Neffen. Es wird ja eh' alles von der Erbschaft abgezogen. Soll sich Christian mit dem Teil herumärgern! Nur die monatliche Vertragsgebühr von 28,99 blieb weiterhin an mir hängen! Und das für ganze zwei Jahre!

Das war also die Story von meinem ersten Beschnuppern in dem gnadenlosen Fegefeuer der neuzeitlichen Technik.

2 Intimgespräche aus dem Pferdestall

Zwei meiner guten Freunde, Stephanie und Rainer, beide Hagemann, haben einen ehemaligen Bauernhof zu einer Pferderanch umgebaut. Und das mit Erfolg. Der immense Grundbesitz der Hagemanns umfasst nach meiner Schätzung halb Niederbayern! Na ja, etwas übertrieben hab' ich schon! Aber immerhin ist es ein riesiges Anwesen mit einer Ost, - einer West, - einer Süd - und einer fruchtbaren Nordweide. Die Weide Nord war für Pferde wie auch deren Besitzer ein absolutes Tabuterrain, dieses zwölf Hektar umfassende Areal war nur den dort ansässigen Wühlmäusen und den mittlerweile sehr selten gewordenen Brennnesselstauden vorbehalten. Dieses Verbot betrifft eigentlich nur die Stephanie und ihre Pferde. Stephanies Gatte Rainer käme es nie in den Sinn sich auf Schusters Rappen (**denn keines der Pferde war bereit ein Faultier durch die Landschaft zu tragen**) in das nördliche Niemandsland zu begeben. Was sollte es auch dort? Wühlmäuse finden? Als vitaler Rockmusiker – mit dem Hang zur Gemütlichkeit - ist es seine Pflicht sich für seine Fans vor den Untiefen, die sich quälende Arbeit nennen zu schützen, und so bewegt er sich nur dann schnell, wenn er vom Fernsehsessel runter zum Keller düst, wo das gekühlte Bier darauf wartet in einer feierlichen Zeremonie vernichtet zu werden. Rainer Hagemann! So ein richtiger Sausewind! Doch ich will und darf nicht ungerecht sein, denn auch ich war des öfteren zugegen, wenn wir Beide unter Ausschluss der Öffentlichkeit eine private Bierverkostung abhielten.

Um mich zur eigentlichen Story hinzuwenden, schreibe ich meinem Freund Rainer Hagemann einen klärenden Brief:

Sehr geehrter Herr Hagemann,

bitte verzeihen Sie mir mein unflätiges Gerede, als ich vom Vernichten eines Biervorrates geschrieben habe! Ich weiß ja nur zu gut, dass Sie Bier mehr verabscheuen als der Teufel das Weihwasser! Sie bevorzugen, was ich noch aus früheren Zeiten weiß, den heilenden und Bazillus abtötenden Augustinertee. Und deshalb wollte ich gleich zu Beginn sicherstellen, dass die von mir erzählte Geschichte einen heiteren und sinnlichen Charakter hat. Warum, werden Sie mich fragen? Als Autor sehe ich es als meine Pflicht, die Anekdoten eines waschechten Musikers, der

sich täglich in der Kür des anstrengenden Springkellerlaufs befindet, niederzuschreiben. Humor ist, und das sollte auch Ihnen nicht fremd sein, das Fettfutter für die gequälten Seelen der modernen Menschheit! Meine Millionen Leser auf der gesamten Welt haben das Recht erworben herzhaft bis zum finalen Bauchfellbruch zu lachen, indem sie mein Buch für sehr wenig Geld käuflich erwarben. Heiterkeit soll wie wärmende Sonnenstrahlen auf die gedemütigten Häupter, die um, neben, über, und unter uns leben, hernieder scheinen. Herr Hagemann, erst durch gelesene Fröhlichkeit wird das geschriebene Wort zu einer neuen Form geistiger Nahrung und dadurch in höchste Sphären aufsteigen.

In diesem Sinne Ihr aufrichtiger Fan und Freund

R. Deuml

(PS: Ich freue mich jetzt schon auf unser nächstes Kellertreffen!)

Doch halt, die Geschichte handelt nicht von meinem Freund Herrn Hagemann und seinem Sammelsurium unzählbarer Leidenschaften, sondern ausschließlich von zwei Pferden – von zwei Stuten, um genau zu sein – die sich einen netten Nachmittagsplausch liefern, indem sie sich über all die anderen Bewohner im Stall ihr Schandmaul zerreißen. Und wo geschwätzige Pferde am Werk sind und sich aufhalten, gibt es - wie sich jeder denken kann - viel zu erzählen. Wie bitte, Sie glauben, es gäbe keine lästernden Stuten? Gut, ich werde Ihnen beweisen, dass auch Gäule - und nicht nur unsere Frauen untereinander - lästerlich kommunizieren!

Zum Verständnis aller Leser schreibe ich die Story, so dass es jeder lesen kann.

Denn das Gewieher, das Pferde von sich geben, wird der Wenigste verstehen, außer man hat sich eine ganze Flasche Gin einverleibt. Wenn dies der Fall ist, haben Sie Glück, denn so ein geduldiger Gaul ist wohl der perfekte Gesprächspartner. Das arme Tier! Es hat keine Hände wie wir, um sich einen Finger ins Ohr zu stecken.

Vielleicht finden die Gäule gerade in meinem Freund Rainer H. einen wahren Seelenfreund. Nur so funktioniert die harmonische Kommunikation zwischen Mensch und Tier. Nur der Rainer H.? Nein! Denn wenn ich bei den Hagemanns auf Besuch bin, haben die Gäule sogar zwei Herrn mit, denen sie sich in entspannter Atmosphäre unterhalten können.

Über Rainer H. und mich gibt es einiges zu erzählen, schließlich verbrachten wir Beide vor zirka fünfzig oder sechzig Jahren, so genau weiß ich das nicht mehr, unsere Jugendzeit zusammen.

Und wir haben es - was das Feiern betrifft - mächtig krachen lassen!

Doch unser Lotterleben sollte nicht das eigentliche Thema sein, so viel Papier um all das Erlebte hier niederzuschreiben gibt es in ganz Deutschland nicht.

Und so verlagere ich die eigentliche Story wieder hin zu den geschwätzigen Pferden.

Die beiden Stuten heißen Trixi und Milva.

Die Trixi war die hübschere. Die Gute hatte ein durchgehend braunes Fell, nur auf der Stirn hatte sie einen kleinen weißen Schönheitsfleck und sah recht gut aus.

Und die Milva? Milva hatte eine sehr lebhafte Mutter. Die alte Dame besaß unter all den Hengsten mit der die Alte ein unmoralisches Verhältnis gepflegt hatte, den zweifelhaften Ruf keinesfalls 'ne frigide Spielverderberin zu sein.

Und darum hatte Milva sämtliche Farbnuancen, die ein Pferd nur haben konnte.

Ein mit Hafer befüllter Flickenteppich!

Die kunterbunte Milva – die ja als die Geschwätzigste von Beiden galt, eröffnete meist das Gespräch:

„Hallo Trixi, hast Du schon das Neueste gehört?"

„Nein", antwortete Trixi,

„Du bist doch diejenige, die über alles Bescheid weiß, was im Pferdestall so alles abläuft!"

„Heute bekommen wir einen neuen Hengst!", sprach Milva,

„der Kerl soll uns für romantische Stunden zur Verfügung stehen! Ich hatte schon mal das Glück ein Foto, das mir die Stephanie unter die Nüstern hielt, zu sehen."

„Ach geh", gab Trixi zur Antwort,

„was bist Du nur für eine verkommene Schlampe! Aber genau aus diesem Grund sind wir auch beste Freundinnen! Und? Sprich! Wie sieht der Neue denn so aus?"

„Na ja", antwortete Milva,

„dass ich von uns Beiden die größere Schlampe sei wage ich zu bezweifeln! Doch zurück zu den Neuen! Ich darf ohne zu übertreiben behaupten, dass ich schon weitaus hübschere gesehen habe! Ich denke mal, der Kerl war ein günstiges Sonderangebot. So ein Wrack kostet auf dem Pferdemarkt höchstens nur noch fünfzig Euro. Der Krepierer ist nicht mal eine Handvoll Hafer wert! Wahrscheinlich hatte das Knochengerippe zwei Optionen, entweder kümmert sich ein Herr um ihn, der sich darauf spezialisiert hat, aus ausgedienten Hengsten eine leckere Wurst zu machen oder der kaputte Kerl bekommt bei den Hagemanns seine allerletzte Chance, um uns Stuten als Gigolo zu dienen. Na dann gute Nacht! Der verreckt uns doch schon kurz bevor der eigentliche Spaß losgehen sollte!"

Wie durch ein geheimes Zeichen öffnete sich die Stalltür und der Neue wurde von Stephanie unter neugieriger Anteilname der Stuten in sein neues Refugium eingeführt. Die Milva sollte Recht behalten mit ihrer Rede über den etwas abgewrackten Zustand des neu hinzugekommenen Hengstes. Der Arme war wahrhaftig keine Schönheit! Er hatte, was für Pferde sehr untypisch ist, ein total schiefes Gebiss und er schielt mit einem Auge nach unten und mit dem anderen nach oben. Außerdem besitzt der Bursche O-Beine.

„Ich denke mal", sprach Milva,

„dass der Pferdemetzger von seiner jämmerlichen Statur geschockt war. Der Schlachter dachte sich bestimmt: Der taugt nicht mal als Pferdewurst! Hoffentlich ist er wenigstens ein guter Liebhaber!

Es ist schon zu lange her, dass es mir ein Kerl richtig besorgt hatte. Mal wieder von einem realen Hengst bis kurz vor der Bewusstlosigkeit durchgewalkt werden. Und nicht wie sonst immer, nur von einem Tierarzt mit eiskalten Händen mit einer künstlichen Befruchtung beglückt werden. Wau, wär das schön!"

„Milva", sprach Trixi,

„Du denkst auch immer nur an das Eine!"

„Na ja", antwortete Milva,

„wenn's halt so schön ist! Und Du? Erzähl mir bloß nicht, Du hättest mit der Erotik abgeschlossen. Diese Lüge nimmt Dir hier im Stall keiner ab, dafür kennen wir Dich nur zu gut. Ja, ich geb's zu, dass ich zu einem aufregenden Strohgestöber nicht nein sagen kann. Und weißt Du was? Das ganze Dorf oder besser noch der ganze Landkreis soll sich, wenn es denn wieder mal soweit ist, an meinem erregten Gewieher erfreuen."

Jetzt kommt die Wahrheit ans Licht!

Alle Menschen glauben, dass Pferde nur liebe Schaukeltiere seien, die von Liebe und Erotik keine so rechte Ahnung haben. Irrtum! Wenn so ein Miststück wie unsere Milva rostig wird und dabei glänzende Augen entwickelt, geht es für die meisten Hengste in Hagemanns Pferdefarm deftig zur Sache. Die ewige Sucht nach unseriöser Zweisamkeit hat die Oberschlampe Milva sicher von ihrer seligen Mutter geerbt. Diese anrüchige Dame ließ in Sachen Pferdepoppen ja auch nichts anbrennen. Doch die Milva hatte Recht, denn es war wirklich schon zu lange her, dass ein Hengst - einer mit dem gewissen Etwas - bei Milva und ihrer Freundin Trixi seine Lendenkunst anbot. Meistens waren totale Stümper am Werk, die nach kurzem Engagement auf direktem Wege in die Obhut eines Schlachters übersiedeln durften.

Alle Männer im Stall sollen weichgekochte Memmen sein? Nein! Einer der Herren wäre gerne bereit gewesen den Damen einen netten Dienst zu erweisen. Doch da gab es ein schwerwiegendes Problem! Wie das? Zu geringe Körpergröße!

Das zu klein geratene Pony Waldemar würde den Job ohne zu protestieren gerne übernehmen. Doch alles scheitert an seinen zu kleinen Beinchen! Der freche Brösel war keine allzu große Hilfe, wenn es darum geht unserer Erde ein neues Fohlen hinzuzufügen. Wie auch? Der arme Wicht war so klein, dass er um bei den Damen ans Ziel zu geraten - eine mehrstufige Staffelei benötigte. Von dem Lauser kommt der bekannte Spruch, „Baby halt' still, ich fick Dich ins Knie!"

Dann gab aus dem hintersten Eck des Stalles die Uraltstute Mathilde ihre Meinung zu jenem heiklen Thema hinzu:

„Ihr jungen Mädels habt ja so recht! Es wird langsam Zeit, dass uns wieder ein potenter Kerl ins Stroh schaukelt! Ich weiß schon gar nicht mehr wie es sich anfühlt von einem Hengst auf positive und angenehme Weise missbraucht zu werden. Und wenn ich an das letzte Mal zurückdenke, tanzen meine erregten Nüstern immer noch Lambada! Aber den altersschwachen Ernesto, den alle nur „Ernesto den Kühnen" nannten, konnte man wohl vergessen. Hätte ich mich auf den Loser und sein sinnloses Herumgestochere verlassen, wäre ich heute noch 'ne unberührte Jungstute."

„Aber seine Küsse waren meist 'ne Wucht", schwärmte Milva.

„Na ja", sprach Trixi,

„auch nur, weil er ständig Hafer um sein Maul hängen hatte!"

„Ja eben", antwortete Milva,

„nur deshalb waren seine Küsse ja so schmackhaft!"

„Gott sei gedankt", sprach Mathilde,

„hat man den Stümper als Pferdeknacker in einem Teller mit Sauerkraut gelegt!"

„Die alte Mathilde, sieh an", sprach Milva, und begann leise zu grinsen,

„die alte Schachtel hat schon den Totenschein im Futtertrog liegen und träumt immer noch unkeusches Zeug!"

„Na ja", entgegnete Trixi,

„die Alten treiben es oft am wildesten! Sieht man ja an Dir!"

Endlich, es ist Zeit fürs Abendessen! Stephanie,

die Chefin über alle Bewohner des Stalles, betritt die Bühne, um die Mägen der edlen Rösser mit lecker duftendem Heu auszupolstern. Die Milva und die Trixi tauchten ihre Nüstern ins Heu und gaben sich der totalen Völlerei hin. Doch nach einigen Minuten, oder zwei Kilo Heu später begann die kauende Milva zu sprechen,

„He Trixi, findest Du nicht auch, dass das Heu einen komischen Nachgeschmack hat?"

„Aber ja doch", antwortete die Angesprochene, „jetzt wo Du es sagst! Ist kein Wunder, wo doch das widerliche Zeug von der Ostweide herkommt! Ist noch bestimmt jede Menge Jauche vom letzten Düngen dran. Ach, zu schön wäre es, wenn man uns das Gras von der Nordweide kredenzen würde. Doch leider ist es uns unter Todesstrafe untersagt, dort an den leckeren Grasbüscheln zu naschen. Das ganze nördliche Areal gehört nämlich den armen, armen, Wühlmäusen. Ach wie traurig! Als wenn man diese Tierart vorm Aussterben schützen müsste! Das Zeug, was wir hier zum Fressen kriegen taugt allenfalls dazu, dass wir unsere Äpfel **(Pferdekacke)** darauf weich ablegen können! Aber was rede ich, mit uns Pferden kann man ja eh' alles machen."

„Ob der Neue dasselbe Heu bekommt?", fragte Milva,

„wenn ja, kommt heute noch der Schlachter. Garantiert! Wär auch gar nicht schlimm, denn der klapprige Kerl bricht eh bald zusammen. Mit Sex hat der sowieso nichts mehr auf'm Kasten!"

„Jetzt aber ein anderes Thema!", sagte Trixi, „übers Poppen haben wir schon genug geredet!"

Die beiden Freundinnen machten eine kleine Pause und sahen der Stephanie gebannt beim Ausmisten der Ställe zu. Doch heute sollte alles anders als sonst sein. Etwas angefrustet gab sich die Chefin der Aufgabe hin den Pferden eine angenehme Umgebung zu gestalten.

„Milva", sprach die Trixi, „findest Du nicht auch, dass die Chefin heute mies gelaunt ist?"

„Ja!", antwortete Milva so laut, dass es alle hören konnten, „ich denke mal, dass ihr Gatte, Herr Hagemann, während seiner letzten Europatournee als Rockmusiker zu viel Limo, Apfelschorle oder Kamillentee genossen hatte. Der Maestro liegt bestimmt noch mit wackligen Beinen im Bett und singt unanständige Seemannslieder."

(PS: Herr Hagemann, ich sagte schon zu Anfang der Story, dass ich Sie mit meinem heiteren Beitrag in ein seriöses Licht rücken möchte.)

Im gesamten Stall konnte man lauthals das Lachen der Pferdegesellschaft hören:

„Wieher, wieher, wieher!"

Nachdem Stephanie die Ställe auf Vordermann gebracht hatte, wollte sie noch einige Runden durch das niederbayrische Hinterland reiten. Und zu diesem Zweck sollte ihr Hengst Adonis beiseite stehen. Adonis! Dieses Bild von einem edlen Gaul lebt erst seit eineinhalb Jahren bei den Hagemanns.

Die Stephanie führt den Gaul durch den Stall und alle durften sehen, was Adonis doch für ein tolles und gehorsames Pferd sei. Gehorsam? Das war nicht immer so. Gleich zu Beginn, als Adonis bei den Hagemanns einzog, gebar der sich zu einem totalen Psycho. Jeder, der es wagte auf ihm zu reiten, landete im Gras.

„Sieh ihn Dir an!", sagte Milva,

„und heute spielt er den Lammfrommen! Ich weiß noch zu gut, wie der Kerl im letzten Jahr einen Reitschüler abgeworfen hat. Trixi, ich war dabei! Das Bild hättest Du sehen sollen, wie Adonis seinen lebendigen Ballast mit einem formvollendeten dreifachen Rittberger über den Kartoffelacker segeln ließ. Meine Gute, glaub mir, hätte es zu der Zeit die olympischen Spiele gegeben, hätte man dem armen Wicht für seine Glanzleistung die Goldmedaille

an die Brust geheftet. Und was bekam er tatsächlich? Einen durchgehenden Gipsverband."
„Ach geh", sagte Trixi,
„und das hat sich unsre Chefin gefallen lassen?"
„Am Anfang ja", antwortet Milva,
„erst als der Ober-Loser Adonis auch sie aus
dem Sattel düsen ließ, war sein Schicksal besie-
gelt. Jetzt gab es für den aufmüpfigen Hengst
keine Gnade mehr. Normal regelt unsre Chefin
solche Regelverstöße mit einigen Peitschenhie-
ben auf das Gesäß des Ungehorsamen. Doch
dieses eine Mal hat Stephanie davon Abstand
genommen den Adonis mit körperlicher Gewalt
zur Vernunft zu bringen. Um ihn zu bestrafen,
erklärte ihm Stephanie den Unterschied zwischen einem potenten Hengst und einem von allen Hoffnungen beraubten Wallach. Das hat ge-
sessen! Um seiner Pflicht den Damen im Pferdestall gegenüber weiterhin nachzukommen,
entschloss sich Adonis zu einem gesunden
Kompromiss. Er gab der Chefin zu verstehen,
dass von ihm keinerlei Gefahr mehr für Leben
und Gesundheit für diejenigen, die auf seinem
Sattel saßen, ausging."
„Was für ein jämmerlicher Schleimer!", sagte
Trixi, und kaute genüsslich an einer Karotte.
Und so fand das Drama um Adonis doch noch
ein gutes Ende! Doch halt! Einen schwerwie-
genden Fehler hat sich der Gaul vor zwei Tagen

geleistet. Bitte, lassen wir Trixi erzählen:
„Vor zwei Tagen um acht Uhr morgens war es dann soweit. Der Titanenhengst Adonis hatte sich beim Ausritt mit der Stephanie an einer streitbaren Feldmaus, die seinen Weg kreuzte, bis aufs Mark erschrocken, was zur Folge hatte, dass auch die Stephanie wie ein vor Glück zwitscherndes Vogerl die einzigartige Gelegenheit bekam, unsre schöne niederbayrische Landschaft im steilen Gleitflug genießen zu dürfen."

„Wieher, Wieher, Wieher!"

„Und wie geht die Geschichte um Adonis weiter?", fragte Milva, nachdem sie sich vom vielen Lachen beruhigt hatte.

„Genaues kann ich auch nicht sagen", antwortete Trixi,

„nur das, was ich von den anderen gehört habe. Noch heute soll ein Tierarzt mit einem Hodenkneifer zu uns kommen, um den Adonis unter örtlicher Narkose zu behandeln!"

„Wie", fragte Milva,

„soll das etwa heißen, dass wir von diesem Kerl keine Fohlen mehr erwarten können?"

„Ja!" antwortete Trixi,

„der Arme kann dann mit seinem nutzlosen Ding nur noch die Blumen im Garten gießen, zu mehr wird er nicht mehr fähig sein.

„Shit", sprach Milva,

„schon wieder wird eine Hoffnung zu Grabe getragen."

Und bei dieser Gelegenheit verpasste der Tierarzt – weil er schon mal da war, Milva und Trixi eine denkbar unromantische Befruchtung. Und als Adonis aus seiner Narkose erwachte, durfte er aus fünf Meter Entfernung bei jener unnatürlichen Prozedur zusehen. Das wär ja eigentlich seine Aufgabe gewesen. Und jetzt? Dem Beschnibbelten bleiben nur noch Erinnerungen und ein Heftpflaster an jener Stelle, wo sich noch vor kurzem eine Apparatur zur Zeugung kleiner Fohlen befand.

Die Stephanie erstickt jede Revolution unter all den Pferden schon im Keim. Recht hat sie!

Aber was tut der musizierende Gatte, Herr Hagemann? Keiner weiß es! So ein Rockmusiker, sollte man wissen, kennt nur das beruhigende Mondlicht, die Sonne mit ihren gleißenden Strahlen ist solchen Herrn gänzlich fremd. Mehr noch: die Burschen zerfallen wie die Vampire zu Staub, wenn ihnen das ungesunde Tageslicht mit voller Wucht entgegenspringt.

Entweder liegt der Herr immer noch geschwächt im Bett und singt niederbayrische Volksweisen oder er krabbelt sportlich wie er nun mal ist auf allen Vieren runter zum Keller und zählt bei dieser Gelegenheit schon mal die Bierflaschen. Und wenn ich zu Besuch bin, werde ich fleißig beim Zählen helfen. Außerdem ist es eine unbeschriebene Tatsache der Musikgeschichte, dass sich das Singen im Duett weitaus lieblicher anhört. Solch edler Gesang von zwei Herrn, die durch anregende Flüssigkeiten eine Darbietung zeigten die den Göttern Freudentränen bescherten, zeugen doch von künstlerischer Größe. Und die Engel mit ihren nett anzusehenden Flügelchen begleiten uns mit ihren Posaunen. Halleluja!

Dies - meine ehrenwerten Herrschaften - ist die Geschichte aus den Ställen der Hagemanns und zweier Stuten, die vor lauter Langeweile über all die anderen im Pferdestall lästern. Und natürlich auch von den Hausherren, Stephanie und Rainer Hagemann!

3   Ach ja, die Liebe!

In dieser Story erzähle ich, wie manche Individuen auf diese Gefühlsregung reagieren!

Ach ja, die Macht der Liebe! Das ist wohl ein Karussell, das uns allen Schmetterlinge in den Magen zaubert! Ein Tohuwabohu der Gefühle! Selbst jene Herrschaften, die tatsächlich glauben, dass sie vor solchen Regungen gefeit seien, werden zuweilen positive Opfer, indem auch sie erleben, was man in einem Anflug von Poesie Liebe nennt. Kein noch so abgebrühter Realo kann sich gegen die Wucht eines entgegenfliegenden Herzchens schützen. Der totale Wahnsinn! Und jeder Einzelne hat so sein eigenes Rezept, seiner oder seinem Liebsten zu gestehen, dass man von den Zehen rauf zum Scheitel verliebt ist. Glaubt mir, ich weiß, wovon ich schreibe, ich kenne mich in diesem exquisiten Metier, in dem ich Gefangener meiner Triebe war, bestens aus. Wieso? Na, weil ich mehrmals am Knochen, der sich Liebe nennt, herum nagen durfte.

*

Beginnen wir mit dem Klassiker der Liebe! Der ewige Casanova.

Erwin K., ein Galan aus dem exklusiven Club ewig rostiger Zeitgenossen. Diese nett anzusehende Männerschaft umschwirrten die Damen wie Wespen eine Sahnetorte. Keine noch so schwierige Hürde scheint dem Schwerenöter zu hoch zu sein. Um seinem Schatz näher zu kommen, unternimmt so ein Casanova selbst das Unmögliche. Und wenn es die Situation verlangt, verschuldet er sich sogar bis rauf zu den Ohren. Was bedeutet schon Geld, wenn man aufregenden Sex bekommen kann! Darum durchleben solche Herren wie unser Erwin die meiste Zeit ihres Daseins ein finanzielles Fiasko. Das beginnt damit, dass er sich, um zu imponieren, um einen Blumenstrauß – rote Rosen – umsehen muss. Im nahen Stadtpark – so wusste er aus vergangenen Verabredungen, dass sich dort jenes Gewächs, das Frauen Schmetterlinge im Bauch bescheren würde, finden lässt. Bei wirtschaftlicher Betrachtung macht es Sinn sich am öffentlichen Eigentum zu bereichern, denn was ein Casanova an Blumen spart, kann er bestens in Kondome und Potenzmittel anlegen. Man soll ja Safer-Sex praktizieren. Anschließend geht Erwin auf Devisentour. Meist muss die alte Großmutter im Altenheim herhalten. Bei ihr lieh – oder er lässt sich beschenken –

einen Hunderter. Mit neuen Mitteln macht sich Erwin auf den Weg ins nächste Delikatessengeschäft, um seine Beste mit echt belgischen Pralinen zu überraschen. So ein süßes Präsent lässt jede Frau wie einen Eiswürfel in der Sonne dahinschmelzen. Mit dem Rest des Geldes reserviert er für sich und die Dame ein exklusives Diner im teuersten Nobelschuppen der Stadt.

Obwohl, ein Lokal das auch ne' gewöhnliche Currywurst auf der Menükarte führt?!? Erwin macht noch schnell einen Kassensturz:

„Einen Salat für mich und ein Rumpsteak für das Mädel. Hm, wenn ich außerdem Mineralwasser anstatt Rotwein trinke, kann sich mein Schatz mehrere Gläser Prosecco einverleiben. Alles in Allem müsste es sogar noch für ein fürstliches Trinkgeld für die Bedienung Anna reichen.‟

Die Anna! Auch diese appetitliche Dame hatte das Vergnügen von Erwin verwöhnt zu werden. Diese Liaison ist schon sehr, sehr lange her. Heute würde die Anna ihrem einstigen Schatz Rattengift ins Essen schütten. Die pure Hassliebe! Darum meine Damen, vergesst Erwin, den verkommenen Windhund! Der Kerl wird nur so lange um Sie werben, bis er Sie ins Bett geflirtet hat. Denn nachdem er es mit Ihnen getrieben hat, werden Sie meine Gute nur seine in

Hast und Eile davonrennenden Schuhsohlen sehen. Mit anderen Worten: Erwin - die geile Ratte - macht sich aus dem Staub! Also meine Damen, wenn Ihr einen treuen Ehemann sucht, käme der Erwin als letzter dran!

*

Ganz anders ticken unsere Herren Romantiker.
Diese Weicheier schleimen sich wie Schnecken durch die Betten potenzieller Ehefrauen. So einer wird all das unternehmen, was einen Casanova völlig kalt lassen würde. Blumen klauen? Nein, geklaut wird nicht, so einer kauft die Dinger! Den Bund Rosen für 1,98 aus dem Supermarkt. Und kurz vor Ladenschluss bekommt der sogar noch einen Mitnahmerabatt von fünfzig Prozent.
Wenn sich ein Romantiker entschließt, sich in Sie meine Dame zu verlieben, sucht er sich zuerst eine brauchbare Bude. Und das sollte er auch, denn in dem Refugium, in dem er gerade haust, muss sich seine Zukünftige die Umgebung mit Ratten, Kakerlaken und sonstigem Getier teilen. Eines - meine Dame - sollte Ihr Misstrauen hervorrufen! Wenn der ewige Frauenversteher Ihnen partout weismachen möchte, dass sein Mobiliar echt antik sei. Antik? Nein!

Glauben Sie Ihm kein Wort! Meistens besteht seine Wohnungseinrichtung aus gebrauchten Möbeln die er fleißig vom Sperrmüll gesammelt hatte. Und wenn Sie ihn darauf ansprechen, wird er Ihnen das Märchen von den Gebrüdern Grimm erzählen, indem er Ihnen ein Schloss verspricht. Sie müssen ihm – laut seiner Aussage – nur ein bisschen Zeit geben, damit er nach Jahren schwerster Arbeit und noch mehr Überstunden sich vom einfachen Verkäufer zum Abteilungsleiter hochgewerkelt hat.

Was für ein Träumer! Meine Damen, glaubt mir, ich kenne jede Menge Frauen, denen man dasselbe versprochen hatte. Und was bekamen sie wirklich? Eine Sozialwohnung in der übelsten Gegend der Stadt! Da können Sie dann mit ihren drei Kindern und dem arbeitsscheuen Gatten hausen. Halt! Fast hätte ich vergessen zu erwähnen, dass Sie die Bude mit ferkelgroßen Ratten und mausgroßen Kakerlaken teilen müssen. Aber das hatten wir ja schon! Auch das Versprechen von einem Schloss sollte Wirklichkeit werden - zwar nicht in Form eines luxuriösen Gebäudes, sondern als amtliches Vorhängeschloss am Stromkasten. Erst wenn der Alte seine ausstehenden Stromrechnungen begleicht, wird ein Gerichtsvollzieher dafür sorgen, dass wieder Licht ins Heim gelangt.

47

*

Was unternimmt der Schüchterne.
Nichts! Einer, der sich nicht traut eine Frau ansprechen, himmelt Sie nur aus der Entfernung an. Und wehe, Sie machen sich bei dem Herrn auf sich aufmerksam. Er wird davondüsen wie ein frisch entwichener Furz. Eher stirbt so ein schüchterner Milchbubi, als dass er seine Liebe seiner anvisierten Frau gesteht. Wenn es nach diesem Mann geht, kommen alle Frauen als unberührte Jungfrauen in den Himmel. Meine Damen, wenn Sie es doch noch schaffen sollten diesen Herrn aufs Standesamt zu führen, so ist das Wörtchen führen wohl angebracht.
„Wieso?", werden Sie mich fragen.
Um ihn zu einer ehelichen Entscheidung zu überreden, bedarf es jede Menge an verbotenen Substanzen. Eigentlich müssen Sie den Kerl vollends mit psychedelischen Drogen abfüllen. Der muss so high sein wie die gesamte Zuhörerschaft des berühmten Woodstock Konzertes. Nur so schaffen Sie es, dass er bei der alles entscheidenden Frage sein „Ja" sagt.

*

Das Muttersöhnchen sucht 'ne neue Mutti.
Meine Dame, können Sie kochen, bügeln, und

Hosenknöpfe annähen? Ja! Dann sind Sie der Topfavorit für ein Mannesmuster, der bis zum Fünfzigsten noch im „Hotel-Mama" gelebt hat. Für ein echtes Muttersöhnchen muss seine Auserwählte all das bewerkstelligen, was auch seine Mutti an ihrem Buben vollbrachte. Das beginnt schon beim morgendlichen Frühstück! Seine Ersatzmama muss ihm gleich zu Beginn des Tages ein opulentes Morgenmahl vorsetzen: mindestens drei Spiegeleier, zwei Butterbrötchen und dazu zwei Tassen gesüßten Kakao **(Keinen Kaffee! So was Starkes verträgt Mamis Schatz nicht.)** Alles darunter war in den Augen des Herrn eine in den Tod führende Diät. Und während sich der Kerl das Frühstück munden lässt, müssen Sie zusehen, dass für Ihren Gatten frische Klamotten bereitstehen. Oder soll der Arme etwa nackt vor die Tür gehen? Nein! Eine fürsorgliche Gattin übernimmt gerne die Rolle ihrer Schwiegermutter, indem sie all das zur Verfügung stellt, was einen seriösen Herrn kleidet. Hose, Hemd, Krawatte, Socken - ohne Löcher - , und eine gestreifte Unterhose mit seitlichem Eingriff. Aber gestreift muss das Teil unbedingt sein! Der Schatz muss nur noch frohen Mutes ins Textil springen. Jetzt kann er, der Lauser, ins Büro gehen! Halt! Und was isst er in der Pause? Auch dafür ist gesorgt!

In seiner Aktentasche befindet sich ein Wurstbrot, – Leberwurst – ein Apfel, und eine Flasche Limo, verpackt in der lustigen Mickymaus-Frühstücksbox, die der Gatte von seiner lieben Mama zum fünfzehnten Geburtstag geschenkt bekam.

Ehelicher Sex? Aber nicht doch! Ihr Bubi (Gatte) will lieber eine Runde Canasta mit seiner Gattin spielen. Meine Dame, Sie dürfen sich bei diesen Spielen am Anblick Ihrer Schwiegermutter, die ja jeden Abend bei Euch zu Besuch ist erfreuen.

Und wenn Sie zu den Optimisten zählen, indem Sie noch auf dem Standesamt dachten, dass Euer Haus zwei bis drei Kinderchen zieren würde, haben Sie sich - meine Liebe - getäuscht. Sie haben ja ein Kind! Sie haben es sogar geheiratet. Natürlich müssen Sie ihn nicht stillen, es genügt schon, wenn der Milchbubi jeden Tag seine Portion Fleisch abbekommt.

Auch muss es eine Ehefrau eines Muttersöhnchens verstehen, wie man – wenn sich der Gatte beim Nasenpopeln am Zeigefinger verletzt hat – ein Heftpflaster so abzieht, dass der Leidende keinen irreparablen Schmerzschock erleidet. Oder können Sie es vor Ihrer Schwiegermutter verantworten, wenn deren Lausbub Höllenqualen durchstehen muss? Und während der Kerl

immer fetter wird, kämpft seine sich für ihn auf-
opfernde Frau Gattin mit der Magersucht. Sie
sehen selbst, meine Dame, sich für ein Muttersöhnchen zu entscheiden birgt so manches un-
angenehme Abenteuer!

*

Und der Geizige.
Na ja, was soll man zu diesem Kerl sagen! Auf
ein großzügiges Liebesbekenntnis wartet ihr
Lieben bei einem, der sein Geld mehr als alles
andere auf der Welt liebt, meist vergebens. So
ein Geizhals sitzt eben auf seinem Geld wie
eine Glucke auf ihren Eiern. Damen, die glauben, dass sie bei jenem Herrn ein sorgenfreies
Leben finden werden, haben sich mit ihrer Wahl
über ihren Zukünftigen selbst ins Abseits gestellt. Das einzige, was Sie von diesem notori-
schen Knauser zu erwarten haben ist, arbeiten
bis zum finalen Genickbruch. Und außerdem
wird er Ihnen die tägliche Nahrungsration bis
auf ein Minimum herunterschrauben. Und als
das einzige Kostüm im Kleiderschrank wird
Ihnen nur das ehemalige Hochzeitskleid zur
Verfügung stehen. Jetzt werden manche denken,
„der alte Knicker hat Geld wie Heu! Da kann er
ruhig einige Euro springen lassen!"

Irrtum! Für jeden Cent mehr, den Sie als Haushaltsgeld benötigen, müssen Sie Rede und Antwort stehen. Und wenn die eine oder andere Dame auf das Erbe hofft, kann ich nur eines dazu sagen: vergessen Sie's, denn der Kerl wird Sie, die nächste und vielleicht auch noch die übernächste Ehefrau überleben. Mit Absicht wird sich ein Geizhals vor dem Sterben drücken - nur deshalb, damit er sich nicht von seinem Geld trennen muss.

Meine Damen, tut euch einen Gefallen und sucht einen anderen – großzügigeren Herrn - den ihr aufs Standesamt schleifen könnt!

*

Verlassen wir die Normalozone und begeben uns in die Paranoia-Liga

Vorsicht meine Damen, als Erster kommt der Narziss.
Wie jeder weiß, sind diese Burschen von allen Seiten her nett anzusehen, aber...? Mit „Aber" meine ich, dass so ein Schönling sich selbst der größte Liebhaber ist. Sich so einen Herrn für ein eheliches Techtelmechtel einzufangen, genügt schon, wenn Sie ihm ständig von seinem grandiosen Auftritt vorschwärmen. Haben Sie das geschafft so haben Sie so etwas wie einen

Haupttreffer im Lotto. Der bleibt Ihnen bestehen! Nur sollten Sie eines bedenken, dass Sie Ihren selbstverliebten Gatten mit dem Spiegel teilen müssen. Dieses Accessoire sieht den edlen Filou öfters als seine Gattin. Um den Kerl aufs Standessamt zu schleppen, bedarf es nur sehr wenig. Man muss ihm das Versprechen geben, dass genügend Fotografen bei seiner großen Vorstellung vor Ort seien. Ihr lieben Damen, wundert Euch nicht, wenn auf den Hochzeitsfotos zu neunzig Prozent nur der Herr Gatte zu sehen ist. Die restlichen zehn Prozent gehören Ihnen, das zeigt, wie Sie den schmierigen Gatten von allen Seiten anhimmeln. Und die anstehende Hochzeitsnacht erst! Glaubt mir, ihr frisch gefreiten Damen, euch erwartet ein tierisches Fiasko! Drei Minuten später: Nur drei Minuten? Ja! Mehr Zeit investiert so ein Narziss nicht in sein Liebesspiel. Nachdem ihr eure eheliche Zeremonie hinter euch gebracht habt, wird ein echter Narziss nicht unbedingt wissen wollen, ob es auch Ihnen gefallen hat.

Nein! Er wird Sie solange nötigen, bis Sie ihn als den weltbesten Liebhaber loben werden. Und so werden Sie mit der Zeit sein größter und einziger Fan werden. Hauptsache ist doch, dass die Hochzeitstorte – eine Schwarzwälder-Kirsch - von Tante Alma allen so gut geschmeckt hat!

*

Der verliebte Schizophrene!
Die Schizophrenen gehören zu den fleißigsten
Liebesbriefschreibern überhaupt. Doch die Damen werden nie so ein Schreiben, in dem dieser
Herr seine Liebe äußert, in den Händen halten.
Wieso? So ein paranoider Schreiber wird, nachdem er die lieblichen Worte aufs Papier gebracht und das Briefkuvert mit einer Wertmarke
versehen hat, diesen Brief an sich selber schi-
cken. Und das mehrmals! Warum? Dies ist
leicht zu verstehen, weil schizophrene Herrschaften mit mehreren Persönlichkeiten gleichzeitig kommunizieren. Und genau aus diesem
Grund schreibt er jeder seiner Liebsten – also
stets ihm selbst – einen alles klärenden Liebesbrief. Eigentlich recht nett, finde ich, doch der
Liebe wird sein Tun nicht dienlich sein! Seine
Erblinie wird wohl aussterben!

*

Der Psychopath. Oder wie tickt ein Sadist!
Männer mit psychopathischen Genen sind die
Schmusebuben des Teufels. So einer wird nur
zu seinem Vergnügen die Mitmenschen und besonders die Ehefrauen mit Freude und Inbrunst

bis zur Verzweiflung quälen. Mal gibt sich so ein Kerl sanfter als ein Lämmchen, um dann im nächsten Augenblick unverhofft zuschlagen zu können. An solchen Tagen wird er vor seiner Angebeteten am Boden kniend um deren Liebe betteln, um sie dann nachdem die Dame seinem Werben erlegen, von ihren Träumen und Hoffnungen zu berauben.

Ein Kotzbrocken in reinster Form.

Vor Beginn einer Ehe wird sich jener Berserker noch zu beherrschen wissen, aber spätestens, wenn das alles entscheidende „Ja" ausgesprochen wurde, ist es aus mit Harmonie und Liebe! An manchen Tagen wird so ein Psycho seine Angetraute als Göttin in den Himmel emporheben, doch das kommt sehr selten vor. Obwohl! So ein widerwärtiger Kerl hat sogar eine romantische Seite an sich. Um sich bei seiner Liebsten beliebt zu machen schreibt er ihr einen netten Liebesbrief. Und um seiner Absicht mehr Macht zu verleihen, klebt er mit schnell härtendem Kleber lebende rote Marienkäferchen – in Herzchenform – auf die Vorderseite seines Briefes. Mann, so ein einfühlsames Präsent lässt doch jede Frau schwach werden. Finden Sie nicht auch!

*

Wir dürfen bei all den potentiellen Ehemännern nicht unsre Herren Masochisten mit ihrer Schmerzenswut vergessen.

Masochisten! Was für Männer! Meine Damen - solche prachtvollen Kerle tun euch allen nur zu gut! Denn wenn so Masochist viel zu spät von seinem Stammtischbesuch heimkehrt, dürfen Sie ohne Skrupel zu hegen den Herrn mit groben Maulschellen und dem berühmt berüchtigten Nudelholz begrüßen. Um es treffender auszudrücken, Sie dürfen dem angetrunkenen Hallodri eine größtmögliche Freude bereiten. Doch Vorsicht! Zu viel Haue machen Ihren Gatten - der sich ja bewusst schlagen lässt - süchtig nach mehr. Um weiterhin in den Genuss zu kommen, von seiner Maid verhauen zu werden, wird der Lauser absichtlich zu spät nach Hause kommen, um dann von Ihnen in erwartender Demut und hartem Eichenholz in Empfang genommen zu werden.

Aber was rede ich! So ein Masochist sucht keine Ehefrau, nein, er sucht sich eine Domina! Ich finde, dass dies in materieller Hinsicht die bessere Wahl ist, denn so eine professionelle Dame, die sich gut mit der umherschwingenden Peitsche versteht, kostet für so einen Bedürftigen einen irrsinnigen Geldbetrag. Und warum soll einer für ein lustvoll zerschundenes Gesäßteil zahlen, wenn er die wohltuende Behandlung gratis bekommen kann?

*

Die mit Abstand schlimmsten Männer sind wohl die, die sich im Schoß einer wolligen Ehe aus einstigen Helden zu temperamentfreien Langweilern entwickeln.
Und, meine Dame haben Sie wie viele Ihrer Leidensgenossinnen auch einem ehemaligen draufgängerischen Rockerhelden das Jawort gegeben? Ja? Und, wie sieht das Zusammenleben mit so einen Hau-drauf Typen heute aus? Ist er immer noch bereit, für Sie jedes Abenteuer – auch wenn er noch so gefährlich ist – zu bestehen? Oder hat sich sein Heldentum mehr dorthin verlagert das sich Kühlschrank und Fernsehen nennt. Von den einstigen Kämpfen um ihre Gunst blieb in all den Jahren wohl nur noch ein fader Furz übrig. Na gut, wenn eine Dame einen ewig schlafenden Sofahelden durchfüttern will, damit der nur noch in eine überdimensionale Zeltplane als Unterhose hineinschlüpfen kann! Mir soll's recht sein! Aber bedenken Sie, nur durch eine konsequente Nulldiät bekommt der feiste Kerl die Chance, dass er dieses Teil – das ja auch mal gewaschen werden muss – unbeschadet verlassen kann. Ich weiß ja von eigenen

57

Erfahrungen, dass Sie Ihr moppeliges Bürsch-
chen einst rank und schlank auf einem Sport-
platz kennengelernt haben. Glaubt mir, da hat
sich nicht allzu viel geändert! Auch heute noch
ist der körperschindende Sport sein absolutes
Steckenpferd. Jeden Abend, nach einem ausgie-
bigen Abendmahl nagelt sich unser Held mit
voller Länge aufs Sofa und fiebert mit den Fuß-
ballakteuren im Fernsehen um die Wette. Dass
dabei jede Menge Kartoffelchips und noch
mehr Bier verkostet wird, sollte jedem, der genauso denkt wie unser Faultier, einleuchtend
sein. Und meine Damen, immer noch Lust auf
einen Langweiler? Wenn ja, dann vermute ich,
dass Sie in Ihrem Gatten den wahren Seelen-
partner gefunden haben. Und ich denke mal, so
ein kuscheliges Sofa reicht gut und gerne auch
für Zwei. Dann dürft ihr dem Luxus frönen und
in kollektiver Zweisamkeit immer fetter werden.

Dies ist nur eine kleine Auswahl an Männern,
die als Ehemänner nur bedingt taugen. Meine
Lieben, wenn Ihnen so ein Exemplar von Mann
an die Angel gegangen ist, seid Ihr mit Vollgas
in den Glückshafen eingefahren. Nur durch einen geldgierigen Scheidungsanwalt werdet ihr
diese schmarotzenden Minushelden ein für alle
Mal loswerden. Wollen Sie aber Geld sparen,
würde ich Ihnen zu einem Pilzgericht raten, das

nur der Herr Gatte als Abendessen vorgesetzt bekommt. Sie haben Angst allein im Wald nach Knollenblättern und Fliegenpilzen zu sammeln? Gut! Dann käme nur ein chemisches Produkt für Sie in Frage, das jede Ratte, Maus und sonstige Nagetiere vorzeitig abnippeln lässt.

Und wenn den Alten zu Ihrer Freude das zeitliche gesegnet hat, dürfen Sie ihren Männerschwarm, der zu lange im Schlafzimmerkleiderschrank ausgeharrt hat, aus der Dunkelheit heraus ans Licht führen!

4 Der Alpenlandverdruss

Ganz Deutschland ist toll! Aber Bayern? Dieses einmalige Bundesland ist wohl das Juwel unter all den deutschen Landen. Wer hier hineingeboren wurde, hatte schon bei seiner Geburt so was Ähnliches wie einen 6er im Lotto. Ich? Für mich gab es leider nur einen 5er, denn meine liebste Mutter stammte aus dem bayrischen Bierparadies Holledau, von woher das weltbeste Bier stammt. Ein von Gott gepriesenes Land! Mein spießbürgerlicher Vater hingegen erblickte das Licht des Lebens in Tettnang nahe des Bodensees. Ich darf nicht allzu ungerecht mit den Schwaben sein: auch der Bodensee mit der Blumeninsel Mainau gehört zu den ausgezeichneten Sehenswürdigkeiten, die unser schönes Land zu bieten hat! Also ihr Schwaben, bitte nicht beleidigt sein! Doch an diesem Landstrich stört mich so einiges: Als Erstes sei der schwäbische Dialekt genannt. Wenn ich den schon von weitem höre, durchstechen mir die Nackenhaare mein Hemd. Ganz anders, wenn mir das Bayrisch zu Ohren kommt, da beginnt mein Herz vor Freude wild umher zu tanzen. Und ein weiteres wäre da die spießerhafte Häuslebauermentalität aller Durchschnittsschwaben. Ich bin das krasse Gegenteil von alledem, was bedeutet, dass ich dem schönen Leben sehr zugetan bin. Doch dies sollte meine Story, aber nicht die eigentliche des Buches sein.

Diese Geschichte handelt einzig und allein von einer gutaussehenden Sennerin aus der bayrischen Alpenregion, die unbedingt und ganz schnell heiraten wollte. Die Walburga! Von allen aus ihrem harmonischen Alpendorf nur mit dem typisch bayrischen Namenskürzel Wally angesprochen.

Um es gleich vorweg zu nehmen, sprechen die Akteure ihren landestypischen Dialekt. Bayrisch! Für Leser des hohen Nordens wird es einiges an Lesemüh' abverlangen diese Zeilen zu lesen, aber mit Neugier und eben so viel Disziplin werden auch sie verstehen können, was ich hier niedergeschrieben habe.

Diese Dame lebt - wie schon erwähnt - als Sennerin hoch oben auf einer Alm. Obwohl sie zur Liga der Dorfschönheiten zählt, ist die Dame doch ein sehr naives Frauenzimmer. Das dreiundzwanzigjährige Mädel betreut auf ihrem Almgut zwanzig Milchkühe, einen stumpfsinnigen Ochsen, der das Schlachten nicht wert ist, zwei Pferde, acht Ziegen und ebenso viele Kaninchen. Jede Menge Arbeit wie es scheint!

Keinesfalls! Denn der Wally machte es ungemein Spaß das Leben einer Einsiedlerin auf einem Almhof fernab von jeder Zivilisation zu führen. Echt? **Nein!** Die Wally kotzte es regelrecht an, tagtäglich die Scheiße aus den Ställen ihrer tierischen Schützlinge zu schippen.

Aber was will so eine Dame, die doch ein Leben in einem idyllischen Bergpanorama inmitten der gesunden Gebirgsnatur führen darf? Ratet mal! Na, na...? Ihr wisst es nicht? Die Wally ist überreif! Sie will endlich geheiratet werden. Und so ein brauchbarer Heiratskandidat schwebte dem Mädel auch schon in ihrem hübschen Kopf herum. Wer also sollte der Glückliche sein? Wally möchte ihr großmütiges Herz **(Wau, diese beiden Teile an Wally's Brust sind wahrhaft groß geraten)** nur Franz, dem Sohn des Großbauern Gamspichler, schenken. Für die Dame war eines klar:

(Und jetzt - meine lieben nordischen Landsleute mit eurem Plattdeutsch-Gesabber - beginnt die bayrische Dialektsprache!)

„Nur da Gamspichler Franz derf in mei Bett nei, olle andern – vor allem aba de Preißn - soll der Deife hol'n!"

So eine selbstbewusste aber leider auch eine etwas naive Dame weiß eben, was sie will! Die Wally will Babys in den Schlaf schaukeln und nicht das ganze Leben lang an den Eutern ihrer

Milchkühe herumquetschen, damit die undankbaren Viecher ein paar Tropfen Milch abgeben.
„Wenn erst moi g'heirat is", dachte sich die Wally,
„kemm'a de bläd'n Vieher eh allesamd zum Schlachter. Soi se der drum kümmern! A moi schau'n, wos de Alma **(Wally's beste Milchkuh)** zu den sei Behandlungsmethode sogd!"
Aber wer ist denn nun der Gamspichler Franz? Dieser schneidige Bursch ist das einzige Kind der Familie Gamspichler und deshalb ein heillos verzogenes Muttersöhnchen.
Aber warum haben die Gamspichler in ihrer gesamten Ehezeit nur ein Kind zustande gebracht? War der Bauer Gamspichler vielleicht impotent? Nein, das war er beileibe nicht! Doch das mit dem einzigen Kind ist mit wenigen Worten erklärt. Also, im Sommer hat ein Bauer keine Zeit für erotische Spielchen im Ehebett. In dieser Jahreszeit muss er sich ums Feld und um die Masttiere im Stall kümmern. Nur im Winter hätte er Zeit für die Bäuerin. Müsste er! Doch wenn er nichts zu tun hat, sitzt er viel lieber in geselliger Runde bei seinen lasterhaften Stammtischkollegen im Wirtshaus, säuft sich jeden Abend einen Rausch an und klopft zudem das Kartenspiel Schafkopf.
Zurück zu Sohn Franz:
Franz kann nur eines besonders gut: er ist ein

Weltmeister im Flirten. Keine Dame – ob nun verheiratet oder ledig - war vor den gut einstudierten Annäherungsversuchen des ewig rostigen Franz sicher. Nur eines war dem Lauser wichtig: seine auserkorenen Damen müssen seinem exquisiten Schönheitsideal vom Kopf bis runter zu den Zehen entsprechen. Doch die, die es schafften, ihn von ihren Vorzügen zu überzeugen, hatten für mehrere Nächte einen Liebhaber aus der Nimmersatt-Liga.

Nachdem – und das ist Tatsache - sich der Franz in fremden Betten vollends verausgabt hatte, verschwand dieser Filou wie eine Ratte auf Nimmerwiedersehen. Und ausgerechnet diesen Hallodri hatte sich die Wally für ihre Kinder ausgesucht. Na, wenn das mal gutgeht!

„Aba oans sog i gleich", sagte sich Wally zu sich,

„des Weibern treib i dem Bursch'n scho no aus! Nextes Wochenend is unten im Dorf s' jährliche Dorffest ogsagd, dann kehrt ma der Kerl!"

Doch solange wollte der Franz wohl nicht warten!

Die Wally schrieb in ihr Tagebuch:

„11. August:

Heid hod me da Franz auf der Alm bsuacht. I denk a mol, dass er mi fürs Wochenend zum Tanzn einladn woid. Der Lackl war beim Friseur, wau, hod der vielleicht guad ausschaugt!

So a richtige Sahneschnitt'n!"

Und tatsächlich kamen sich die beiden Vögelchen näher als erlaubt.

Neun Monate später – der Franz war längst über alle Berge verschwunden - erblickte das Resultat jener Affäre das Licht der Welt. Die Wally wurde stolze Mutter eines strammen Buben von 4600 Gramm.

Und um den Franz – der ja - wie üblich - alles leugnet – an seine Pflicht einer Vaterschaft zu erinnern, musste Wally einen rechtskundigen Anwalt zu Rate ziehen. Die Kontrahenten trafen sich vor Gericht wieder. Doch diesmal ging es nicht um Sex, nein, diesmal sollte der Franz zu seinem Ausrutscher stehen. Die Wally verlangte von Franz, dass er sie noch vor der Taufe des Kindes auf das Standesamt führte. Aber Ehe und Franz? Das ist so, als wenn man einen verheerenden Wohnungsbrand mit Benzin löschen möchte. Der Richter spricht zu den Beiden:

„Ich eröffne hiermit die Verhandlung einer Vaterschaftsklage zwischen Walburga Schnitzler, Almsennerin und Franz Gamspichler, Landwirt. Also Herr Gamspichler was sagen Sie zu der Anschuldigung von Frau Walburga Schnitzler?"

„Herr Richter", antwortete Franz,

„wia ko i da Vada sei, wo i doch diese Frau gar ned kenn? I arbeit den ganz'n Tag auf'n Hof vo mein Vata, zu solche liederlichn Liebschaft'n hob i gar koa Zeit!"

„Der Sauhamml", schrie die Wally,
„liagt ja wia gedruckt!"

„Frau Schnitzler", mahnte der Richter,
„unterlassen Sie ihre Beleidigungen!"

„Is ja guad", sagte Wally kleinlaut,
„i wollt hoid grad sag'n, dass Herr Sauhamml a oida Schwindler is!"

„Das, meine Dame, wird sich im Laufe der Verhandlung noch herausstellen!", sprach der Richter zur Wally.

„Und nun zu Ihnen Frau Schnitzler! Sie also behaupten, dass Herr Gamspichler der Vater Ihres Kindes sei. Dann, meine Gute, erzählen Sie Ihre Version zur Entstehung des Babys!"

„Na ja", sprach die Wally,
„es hod so angfangen, dass der Franz zu mir auf d' Alm rauf kemma is...."

„Des stimmt ned so", unterbrach Franz,
„i war no nie oben bei da Wally..."

„Herr Gamspichler", ermahnte der Richter den Franz,
„ich will zuerst hören, was Frau Schnitzler sagt, Sie kommen später noch früh genug zu Wort! Also Frau Schnitzler, wie ging es dann weiter?"
Und die Wally mit ihrer naiv kindlichen Art redete weiter:

„Oiso, wia da Franz zu mir kemma is, hob i ihm

66

erst mol mit'n Stückerl Kucha versorgt. Es war a Guglhupf, wenns Sie's gnau wissen woin, Herr Richter."

„Das interessiert mich keineswegs," sagte der Richter,

„bitte bleiben Sie beim Thema! Also weiter!"

„Nachdem se da Franz sei Wamp'n mit Guglhupf vollgschlagen hod, is er recht zuatraulich woan. Zuerst hod er versuacht mi abzubussln. Na ja, hob i ma dacht, so guad wia der heid ausschaugt, lass i mia des gern g'fallen."

„Und?", unterbrach der Richter die Aussage Wally's,

„dann kam es doch bestimmt zu sexuellen Handlungen?"

„Aba Na", antwortete Wally verneinend,

„wir beide ham uns nur guad unterhalten, wann Sie verstehn, wos i damit meine. Und dann...."

„Herr Richter", sprach der Taugenichts Franz,

„mit da Wally ihren Guglhupf hät i ma bald an Schneidezahn ausbiss'n, so hart war des angeblich g'schmackige Ding!"

„Herr Gamspichler", mahnte der Richter,

„wie Sie es mit Ihren Schneidezähnen handhaben, ist völlig irrelevant. Diese Verhandlung bezieht sich ausschließlich auf die Feststellung einer Vaterschaft. Beim nächsten Mal, wenn Sie wieder ungefragt das Wort ergreifen, zahlen Sie ein Verwarnungsgeld! Verstanden!"

„Mpf", murmelte der Franz.

„Verstanden!", sprach der Richter mit erhobener Stimme.

Und der Franz gab klein bei und sagte:

„Ja!"

Jetzt durfte die Wally weiterhin von der Liaison mit dem Franz berichten:

„Nachdem mia uns beschnuppert ham, sogt doch der Sauhund...D'schuldigung Herr Richter, i wollt Franz sagn. Oiso der Kerl fragt mi doch tatsächlich, dass a mit mir schlaf'a möcht. Daweil hod er gar ned recht müd ausgschaugd. Ja, hob e ma g'dacht, wenn der Lauser müd is, dann geh'n ma halt zu Bett."

„Aha", sagte der Richter,

„Ihr Beiden seid also zu Bett gegangen! Toll! Und was geschah dann?"

„als ma im Bett g'legn ham, hod ma da Franz g'sagt, dass ihm zu heiß im Bett sei. Und aus dem Grund sogd er zu mir, dass er liaba nackert schlafa wui. Na ja, hob i ma g'dacht, wenn er unbedingt wui, dann soi er sein Wunsch hab'n! Er hod dann zu mir g'sagt, dass a unter der Deck'n gern nachsehn wui, ob i Sommersprossen hob."

„Und", fragte der Richter den Franz, der ja auch nicht zu den hellsten Intelligenzleuchten zählte, „hat die Dame an besagter Stelle welche?"

„Na", gab Franz zur Antwort,

„i hob koanne vo de lustigen Dinger g'funden. Aba i hob dort unten fleißig weiterschaug't."

„Das glaub ich Ihnen nur zu gerne! Und beim Sommersprossensuchen ist wohl der kleine Florian entstanden!", antwortete der Richter dem Franz und wendete sich mit einem Fingerzeig wieder der Wally zu.

„Ja Herr Richter", sagte die Wally,

„i hob no zum Franz g'sagt, dass er seine Pratzen **(Finger)** dort hod, wo eigentlich koane Sommersprossen wachs'n. Aba so an eigensinnigen Lausbuam davo zu überzeign, dass er grod am falschen Feld ackert, is wohl für a Frau wie mir doch etwas z'vui. Des war scho beim Huber Sepp und beim Zipfler Alois, der letzt's Jahr nach Amerika auswandert is da war's a so. De zwoa ham se a nix sag'n lassen."

Walburga, Deine Naivität tut uns allen weh.

„Wos, Du oide Schnepf'n", rief der Franz dazwischen,

„Du host das mit denen Zwoa a trimm! Aba i soi da Vata vo den kloan Florian sei. Das i net s'lacha o'fang!"

„Jetzt reicht es", sprach der Richter,

„Herr Gamspichler, Sie zahlen wegen ewigen Dazwischenredens fünfzig Euro in die Gemeindekasse!"

„Wos soll i", rief erneut der Franz ,

„i soll an Fuffziga zahl'n! Da mach ma doch

glatt an Hunderter draus und i sog, dass de Wally a oide Schlamp'n is!"

„Wie Sie wollen!", sprach der Richter,

„Herr Gamspichler möchte statt fünfzig hundert Euro in die Gemeindekasse zahlen."

Bei diesen Worten bekam die Wally leuchtend rote Wangen und begann leise aus purer Schadenfreude zu grinsen.

„Herr Gamspichler", sagte der Richter zum Franz,

„ich frage Sie erneut, sind Sie der Vater des kleinen Buben? Sie dürfen antworten, diesmal müssen Sie nichts bezahlen!" **(Ha, ein Richter mit Humor!)**

„Aba na doch", gab Franz zur Antwort,

„i hob bei da Wally wirklich nur nach Sommersprossen g'schaugt!"

Die Wally ist naiv, aber ihr Franz ist dümmer als 'ne Prise Salz!

„Herr Gamspichler", sagte der Richter,

„wir haben Mittel und Wege, die ausstehende Vaterschaft zu klären! Mit einem simplen Bluttest kommt alles ans Licht! Also noch einmal, sind Sie der Vater des kleinen Florian oder nicht?"

Franz hielt dem Druck, der auf ihm lastet nicht stand. Kleinlaut gab er dem Gericht zu verstehen, dass es nicht ausgeschlossen wäre, Florians Vater zu sein.

„Herr Richter, sagte er,

„i weis es wirklich ned! Aba i denk scho, dass ich's sei kannter't!"

Zwei Monate später. Nachdem die Formalitäten bezüglich der Vaterschaft durch einen Bluttest geklärt waren sprach der Richter zum Gamspichler Franz:

„Herzlichen Glückwunsch von Seiten des Gerichts und natürlich auch von mir. Sie sind laut Untersuchung der leibliche Vater des lieben Florian. Jetzt geht es nur noch darum, was Sie an Alimenten an die Frau Walburga Schnitzler zahlen müssen. Also, wie viel verdienen Sie im Monat?"

„i verdieh'n gar nix", antwortete der Franz,

„i krieg vo mei Vater nur a kloans bisserl Taschengeld!"

„Und wie hoch ist das Taschengeld?", fragte der Richter.

„Nur zwoa tausend Euro!", sagte Franz. **(Der Depp gibt tatsächlich zu, was er im Monat verjubeln durfte. Na ja, einmal blöd ist halt immer blöd!)**

„Herr Gamspichler", sagte der Richter,

„hiermit zahlen Sie der Mutter Ihres Kindes einen monatlichen Unterhalt von sechs hundertfünfzig Euro. Die Verhandlung ist hiermit geschlossen!"

Sechs hundert Euro ist 'ne Menge Zeug, auch

für einen wie den Gamspichler Franz. Und um dies zu umgehen, entschloss er sich nach reiflicher Überlegung und durch den Zuspruch seiner wütend gewordenen Eltern, dass er die Wally doch noch vor den Traualtar führen musste. Und dies freute die Wally umso mehr, es war ja von Anfang ihr Bestreben zu der Gamspichler-Sippschaft zu gehören. Und eines stellte die Wally als Bedingung: Das Fremdgehen sei von nun an passe'!

Jedes Mal, wenn der Filou Franz glaubte, er müsse bei anderen Damen nach Sommersprossen suchen, gab ihm die Wally liebevoll und unter Mitwirkung ihrer Fäuste zu verstehen, dass Enthaltsamkeit gesünder für ihn sei. Und vor so einer gestandenen Dame muss jeder Mann gehörigen Respekt haben!

Die Gamspichlers bekamen noch zwei weitere Kinder - wieder einen Buben und zuletzt ein Mädchen. Zwei Prinzen und eine unverschämt verzogene Prinzessin sollten das Glück von Franz perfekt machen!

Und alles nur, weil der notorische Frauenheld unbedingt wissen wollte, an welchen geheimen Stellen die Wally ihre Sommersprossen versteckt hatte!

5 Die Siebzehnjährige und der alte Narr

Wo ist meine Jugend geblieben?

Und? Gehören auch Sie zu jenen Herrschaften denen graues Haar und wacklige Zähne beschert wurden? Gut, das mit den Zähnen nehme ich gerne zurück, nur das graue – oder gar fehlende Haar bleibt in dieser Geschichte bestehen. Ich gebe gerne zu, dass ich mit meinen sechzig Jahren zu denen gehöre die sich bald Kompost für kommende Generationen nennen darf. Traurig? Nein! Denn ich hatte das Glück, mehr als manch andere in vollen Zügen gelebt zu haben! Früher, als ich noch zur Teeny-Liga gehörte, fand im gesamten Landkreis kein einziges Fest statt an dem ich nicht anwesend war.

Wie oft krabbelte ich in einer lauen Vollmondnacht auf allen Vieren durch die dunklen Gassen unserer Stadt, nur um noch vor Sonnenaufgang nach Hause zu kommen. Ich darf beruhigt zugeben, dass mir das verpönte Haschischrauchen nicht unbekannt war. Aber mich jetzt noch dafür strafrechtlich zu verfolgen, ist wohl zu spät! Haha, Herr Staatsanwalt ich hab Sie ausgetrickst! Für mich war meine Jugendzeit ein einziges Abenteuer! So soll es auch sein, denn nur als junger Mensch ist man glaubwürdig, wenn man über seine Stränge geschlagen hat.

Und heute? Heute bin ich der beste Freund meines Sofas! Und mir fallen schon um einundzwanzig Uhr die Augen zu.

„Nochmal jung sein!", dachte ich mir sehr oft, wenn ich am Badesee den schönen Damen beim Sonnenbaden aus gebührender Entfernung zusehen durfte. Doch alles Tolle hat auch einen bitteren Nachgeschmack. Welchen? Arbeit! Ich hasse den Gedanken von neuen vierzig Jahren und noch mehr, wie ein Esel zu schuften. Jetzt wo ich all die Kacke die so eine Arbeit mit sich bringt, fast hinter mir habe, will ich auch wegen einiger Skandale nicht, dass mein edler Körper mit körperlichem Sklavenfrondienst deformiert wird. Doch manchmal – in bestimmten Situationen flackert der Gedanke in mir neu auf. Da wollte ich einfach nur wieder jung sein - wenn auch nur für ein paar unsittliche Stunden. Und in solchen Momenten spielen die wenigen Hormone, die mir noch verblieben sind, verrückt. Besonders dann, wenn mir ein schönes Fräulein in laszivem Modellschritt über den Weg läuft. Obwohl mein ehemaliger Waschbrettbauch einem Waschbärbauch gewichen ist, passiert es mir in letzter Zeit sehr oft, dass ich den Frauen hinterhersehe. Warum auch nicht! Die Augen der Männer sind für jene optischen Reize wie von Gott gemacht. Und daher kann uns keiner das Nachschauen einer Frau verbieten.

Gut, ich will der Geschichte, die ich erzählen wollte, näherkommen.

Also, ich arbeite in einem bayrischen Großbetrieb. Wo? Das verrate ich wegen etwaiger Regressansprüche von Seiten meiner Firma nicht! Doch eines darf ich ungestraft erzählen, um welche Tätigkeit es sich dabei handelt. Meine Aufgabe besteht darin, mich um die Baumängel und sonstigen Schäden am Gebäude zu kümmern, damit so eine marode Hütte wie die unsrige nicht in sich zusammenfällt. Und da man dieser Aufgabe nur zu zweit nachgehen kann, gibt man mir im wöchentlichen Wechsel einen Auszubildenden ob weiblich oder männlich in meine Obhut.

Und was soll ich sagen, bei den Buben war es für mich ein Leichtes, diese Pubertätspickel mit körperschädigenden Arbeiten zu schleifen. Die Lauser sollen sich schon mal daran gewöhnen, dass sie in Zukunft nur noch Befehle entgegennehmen dürfen - angefangen von der Dame, mit der sie ein vereidigtes Ehebündnis eingegangen sind, bis hin zu dem Herrn **(Chef)**, dem sie es verdanken können, dass man sich für wenig Geld einen irreparablen Bandscheibenschaden einhandelt.

„Hey", sage ich jedes Mal zu den ewig meuternden Lausbuben,

„ihr Heinis dürft mir ewig dankbar sein für mein aufoferndes Tun! Durch mich erfahrt ihr gleich zu Beginn Eures Arbeitslebens, was Euch die nächsten fünfundvierzig Jahre bevorsteht!"

Und wenn sich unter den männlichen Stiften so was wie eine Rebellion anzubahnen drohte, gab es von meiner Seite mächtig Dunst.

„Gut, ihr nichtsnutzigen Lumpen", sage ich zu den aufmüpfigen Herrschaften,

„wenn Euch diese Arbeit zu anstrengend ist, dann gehen wir eben runter in die Kellerkatakomben: da könnt ihr Euch durch kilometerlange Spinnweben und Tonnen von ätzendem Staub quälen! Kapiert! Gut! Meine Schäflein, dann wollen wir mal abstimmen! Wer für den Keller und die Spinnweben ist, der hebe die rechte Hand!"

Wie durch ein Wunder bekamen die Burschen einen Krampf in den Gliedmaßen, weshalb keiner die Hand heben konnte.

Nur bei den Damen - oder besser jungen Damen, drücke ich schon mal beide Augen zu, wenn solch eine anmutende Schönheit mit klimperndem Augenaufschlag vor mir steht. Ich bin eben wie die meisten meiner alternden Kollegen auch ein Kavalier der alten Schule! Wir haben es noch von unseren Vätern gelernt, wie man mit einer Dame – vorzugsweise einer jungen Dame - umzugehen hat!

Diese Heldinnen – so unsere einheitliche Meinung - sollen uns Männer mit ihrer gutaussehenden Aura beglücken und nicht die eben frisch lackierten Fingernägel dadurch abbrechen, indem sie einer Beschäftigung nachgehen müssen, die von schminken, lackieren und Haare färben sehr weit entfernt ist. Das, meine Herrschaften, ist keinesfalls einer Frau würdig! Erst später, wenn die Grazien die dreißig überschritten haben, kann man denen Arbeiten zumuten, die eigentlich für Männer vorgesehen sind.

Aber bis dahin räumt man am besten alles beiseite, was dem rosigen Teint einer jugendlichen Prinzessin schaden könnte. Denn eines sollte uns allen klar sein: keine Dame im zarten Mädchenalter schätzt es, wenn ihr ein Kollege beiseite steht, der eigentlich ein ungehobelter Holzkopf ist. Als Kerl hat man sich den jahrhundertealten Sitten und Gebräuchen zu stellen, die den Damen zu einem edlen Status verhelfen. Anders natürlich, wenn so ein charmanter Kollege nicht das Antlitz einer Frau, sondern das eines jugendlichen Burschen mit zartem Flaumbart bevorzugt. Dann hält eben der ältere – der mit den verliebten Kulleraugen – dem jüngeren

Kollegen in kavaliersmäßiger Manier die Türe auf. Männer unter sich eben!

Ich hingegen tendiere eher dahin mich an die Fersen einer hübschen Kollegin zu heften.

Was sollte ich tun? In mir – trotz meiner sechzig Jahre - lodert eben immer noch ein Feuer, das mich an manchen Tagen zum Wahnsinn treibt.

Und dafür bin ich auch der Liebling aller Damen! Manchmal! Gut, ich geb's ja zu, es passiert eher selten.

Doch eine liebt mich wirklich! Mein Schatz Olga aus unserem Wohnblock. Diese Dame mit ihren achtzig Lenzen ist ganz verrückt danach mir ein platonisches Bussi abzujagen. Gut, soll sie eines haben! Ich lass mir diese Dienstleistungen sehr gut in Form von essbaren Naturalien wie Zwetschgendatschi, Marmorkuchen und manchmal sogar mit leckerem Schweinebraten mit Semmelknödeln bezahlen. Ob ich mich dafür schäme? Nein! Für ein Stück Kuchen gebe ich der alten Olga das Gefühl wieder jung und begehrenswert zu sein! Und um mich weiterhin für Olga in Kusslaune zu halten, ist es nur rechtens mich mit diversen Leckereien zu verwöhnen.

Mein Kusstarif für angegraute Damen sieht so aus:

Ein Bussi eine Sahnetorte, zwei Bussi und ich bekomme den Schweinebraten, drei Bussi und ich muss mir eine ganze Woche nichts kochen. Nur bei den jüngeren Semestern, den achtzehn bis fünfundzwanzigjährigen Damen, mache ich schon mal mit diesen Zärtlichkeiten eine Ausnahme. Die dürfen mir meist gratis einen Kuss stehlen. Dann entwickle ich erneut die Liebe zur Menschheit – zur weiblichen Menschheit! Wohlbemerkt! Diese hübschen Kussräuber brauchen von meiner Seite her nicht befürchten, dass ich lautstark um Hilfe schreien werde. Und wenn doch, dann nur in einem unhörbaren Flüsterton.

Die Knospen der Jugend sollen jetzt sprießen und sich zu edlen Orchideen entwickeln und nicht wie die alte Olga auf die Wiederkehr ihrer Teenagerzeit hoffen. Obwohl? Ich vermute, dass die Olga zu früheren Zeiten schon ein kesser Hase gewesen ist, der sich auf allen Ebenen, was die Liebe anzubieten hat, ausgetobt hat. Aber heute! Heute schmecken ihre Küsse sehr verdächtig nach Brausetabletten, mit der man flexible Zahnreihen im Wasserglas reinigt.

Was meinen Edelmut gegenüber jungen Damen betrifft bezeuge ich mit diesem Austausch jener netten gratis Berührungen, dass ich der holden und frühreifen Weiblichkeit gebührenden Respekt zolle. Leider stößt diese Menschenliebe selten auf fruchtbaren Boden. Oft muss ich mich damit begnügen, dass ich der Dame verstohlen hinterhersehen darf.

Und über dieses Drama kann ich Euch 'ne (un)schöne Episode erzählen.

Wie schon erwähnt, hatte ich als Schadensbeauftragter in meiner Firma die Pflicht alle Unstimmigkeiten, die zu einem Unfall führen können zu melden oder wenn es sich machen lässt zu beseitigen. Und damit ich bei dieser nervenaufreibenden Tätigkeit nicht einschlief, gab man mir Auszubildende mit auf den Weg. Dabei war es meinem Boss völlig egal, ob es sich dabei um männliche oder – und das freut mich besonders – um weibliche Stifte handelt.

Die Buben unter den angehenden Kollegen trieb ich wie gehorsame Schafe durch die weiträumigen Hallen des Betriebes. Und wenn ihnen der Schweiß in Sturzbächen über die Stirn rannte, konnte ich bei meinem Boss meine wohlverdienten Lorbeeren in Form von Lob einholen.

Bei den Damen aber gebar ich mich zu einem edlen Ritter, dessen Pflicht es war, diese nett anzusehenden Prinzessinnen vor den Gefahren feuerspeiender Drachen zu beschützen. Lauter junges Gemüse! Zwar muss in heutiger Zeit keine Dame im zarten Alter Angst vor Drachen haben, aber für diese Damen genügt schon eine

Umgebung, dass den ungesunden Smog verbreitet, der sich Arbeit nennt.

Bei den Mädels waren alle Charaktere, die Frauen so ausmachen zugegen. Da gab es die schüchterne Maus, die schon errötete, wenn man ihr zu intensiv in die Augen sah. Bei einer anderen wusste man nie so recht, in welcher seelischen Tagesform sie sich gerade befand. Diese Sonnenscheinkinder waren launischer als zwanzig Depressive. Oder die ewig Naiven, die es bestens verstanden, sich erfolgreich vor jeder Arbeit zu drücken. Diese fand ich – das darf ich gerne gestehen, eigentlich recht sympathisch. Doch am liebsten waren mir die frühreifen Mädels, die sich mir kokett gaben, indem sie mir mit ihrem Oscar-reifen Auftritt den Kopf verdrehten. Diese Sahnestückchen mussten nur gut aussehen! Arbeiten? Nein, das musste keine von denen! Dafür waren ja die Buben unter den Stiften da!

Doch alle Mädels hatten eines gemeinsam! Was? Der ständige Blick auf den Ersatzpartner, der sich im allgemeinen Handy nannte. Gut! Das sei ihnen vergönnt! Hauptsache ist doch, dass mir die Azubi-Bienen meinen altersschwachen Testosteron-Haushalt wieder zurück in meine Jugendzeit katapultieren.

Ich hatte sie alle! Äh, nicht das, was Sie denken, natürlich meinte ich, dass mir die frechen Gören bei meiner Arbeit helfend beiseite standen. Und das war auch gut so!

Und eine – eine blonde Maid - war in besonderem Maße begabt mich wie einen flexiblen Gummiring um den Finger zu wickeln. Die Obergöre Caro!

Diese rotzfreche Dame verstand es bravourös sämtlichen Männern im Betrieb ein Lächeln ins Gesicht zu zaubern. Selbst die Kerle, die das ganze Jahr hindurch zu keiner Regung fähig waren, bekamen beim Anblick Caros, leuchtende Augen.

Und mir unterstand das freche Mädel für eine ganze Woche. Toll!

Ich bekam von meinem Boss die Anordnung, die Azubis besser zu fordern, was ja bei den Buben hervorragend funktionierte. Aber bei den Damen hatte ich so manche Skrupel - denn die Gesundheit Caros lag mir sehr am Herzen. Ich war ja zu jeder Zeit verantwortlich dafür, dass meinen anvertrauten Damen nichts Unangenehmes passieren würde. Und ich als geübter Kavalier passte wie ein zähnefletschender Kettenhund auf die Caro auf. Und wenn mich dieses Girl mit ihren himmelblauen Strahleaugen ansah, war es um meine Vernunft geschehen, dann war ich so gut wie unzurechnungsfähig.

Und das wusste das Lausegirl ganz genau! Ein

sechzigjähriger Narr hat sich in eine siebzehnjährige verguckt. Der geheime und unhörbare Jubelschrei durchzuckte mein ergrautes Seelenkostüm.

Die Göre beherrschte alle Facetten die eine junge Frau von heute, um erfolgreich zu sein, haben sollte! Mal war sie die Brave, ein andermal gab sie sich unnahbar, um dann im nächsten Augenblick den neckischen Vamp zu spielen. Mit ihrem Charme ließ Caro so manch armen Sünder verrückt werden. Und wenn sie im blumig umrandeten Ton zu mir sagte:

„Hey Robert, na, was tun wir heute Schönes?"

Hatte ich tausende Herzchen vor meinen Augen.

Am liebsten aber war mir Caro, wenn sie mich mit ihrem Humor zum Lachen brachte.

In dieser einen Woche erlebte ich mehrmals, was es bedeutet, ein alter Sack zu sein.

„Mann", dachte ich mir,

„wäre ich doch um vierzig Jahre jünger und vermögend, damit ich nicht arbeiten müsste, dann würde ich der Caro einen formvollendeten Liebesantrag machen. Aber mit meinen Sechzig? Da bleibt den Alten nur noch das Träumen!"

Und ich frage mich des Öfteren:

„Wo in Gottes Namen ist meine Jugend hingegangen? Ich kann mich noch vage erinnern, dass ich zu früherer Zeit der totale Casanova war. Und heute? Heute bin ich schon froh, wenn ich den Tag ohne nennenswerte Blessuren überstehe!"

Ob die Caro merkt, dass ich auf ihre Jugend neidisch bin? Wenn ja, so ist es doch nur recht dem Mädel etwas von ihrem Liebreiz zu stehlen!

„Liebe Caro, ich will doch nur einen kleinen Brösel von deinem verschwenderischen Lebensgefühl erhaschen."

Und wie ich die Caro einschätze, besitzt diese Amazone – ja sie ist eine Frau, die alle Männer auf ihre Seite bringt – viel zu viel von dem, was sich Leben nennt. Warum sollte meine einstige Lebensfreude im Sumpf des Alters untergehen?

„Deuml", werden manche Freunde, die ich um Rat fragte, mit einem schadenfrohen Unterton zu mir sagen:

„Du bist doch immer noch ein toller Hecht, was das Anbandeln bei den Frauen betrifft! Du hast immer noch das Potenzial, jede Frau in Deiner Umgebung mit schönen Worten zu bezirzen, indem Du ihr Schmetterlinge in den Bauch zauberst. Und was die Damen betrifft, erfreuen die sich ungemein, dass sie für gewisse Stunden von einem gestandenen Kerl wie Du einer bist nach allen Regeln der Liebeskunst verwöhnt werden. So viel Kuchen und Schweinebraten die Du Dir im Angesicht Deines Schweißes verdienst, kannst Du gar nicht verzehren! Doch

Vorsicht Deuml, die Damen, die Dir heute noch schöne Augen machen, haben nur bis einundzwanzig Uhr Zeit, denn dann müssen die Mädels wieder zurück im Altenheim sein!"

6 Petrus, hol mir bitte meine Mutter

Winterzeit ist Erkältungszeit! Das weiß jedes Kind! Da wird an allen Ecken und Orten gerotzt, geschnieft und gehustet. Eine wahre Epidemie, die die Menschheit in dieser Jahreszeit fest im Griff hält. Aber was soll man tun? Aufgeben und im Krankenlager auf den nahen Tod warten? Nein! Das tun nur wir Männer! Frauen hingegen lieben es förmlich, wenn sie von einer Erkältung gestreichelt werden. Fieber? Ach geh, die Damen freuen sich doch auf erhöhte Temperaturen, wo sie doch ständig jammern wie kalt es zumeist ist. So ein lieblicher Fieberanfall mit einer anschließenden Hitzeattacke spart Heizkosten, und aus diesem Grund darf der edle Nerzmantel weiterhin geschützt vor allzu gefräßigen Motten im Kleiderschrank hängen bleiben. Aber wie sieht es mit dem starken Geschlecht der Männer aus? Diese hünenhaften Helden, die seit Generationen Kriege gewinnen, wurden von der Natur oder von göttlicher Seite her - was das Krankenbild einer lebensbedrohlichen Erkältung betrifft - von allen Göttern allein gelassen. Uns Männern bleibt nur eines! Ja, wir müssen leiden bis zum finalen Ende! Helden muss man eben quälen, damit sie auch noch nach hunderten Jahren in Heldenliedern besungen werden!

Aber wie sieht es ganz oben aus? Mit Oben meine ich nicht etwa die 28. Etage eines Hochhauses! Viel mehr denke ich da an die himmlischen Gefilde. Was machen Engel und Co., wenn ihnen die Nase tropft? Na ja, die leiden eben genauso wie wir! Leider ist es uns Menschen zu Lebzeiten nicht möglich Live mitzuerleben, wenn auch das himmlische Personal von diversen Krankheiten befallen wird. Denn wie sähe es aus, wenn wir – also wir Menschen – erleben würden, dass auch der Himmel eine erkältungstechnische Überraschung bereithält. Interessant! Und die Obrigkeit, damit meine ich die Chefetage? Auch Gott hat es zuweilen voll erwischt! Denn auch der liebe Gott ist schließlich nur ein Mann und als solcher leidet er am meisten! Der oberste Boss liegt keuchend in seinem luxuriösen Himmelbett und hustet und fiebert wie ein nackter Eskimo. Zur seiner Seite steht sein Kompagnon, der heilige Sankt Petrus, und der liefert seinem kränkelnden Herrn literweise Kamillentee und halsschonenden Salbeitee.

„Was ist mit unserem Chef los?", fragten die Engel.

„Er ist wieder erkältet!", antwortete Petrus mit einem gelangweilten Unterton,

„und das schon zum fünften Mal in diesem Jahr!"

Als die Engel das hörten, sahen sie traurig durch das Fenster ins Krankenzimmer und falteten ihre kleinen Händchen zu einem hoffenden Gebet. Völlig umsonst! Die Erkältung hält im himmlischen Verwaltungssitz Einzug. Und Gott war prominentestes Opfer jener Krankheit! Mit dem Fieberthermometer **(38°)** im Mundwinkel liegt er da und macht sich seine eigenen Gedanken über sein nahendes Ende. Reine Simulation! Na ja, Chef so schlimm wird's schon nicht werden! Denn Gott hat ja das Leben als solches erfunden. Er, der Schöpfer, darf sich glücklich schätzen um sein ewiges Leben. Und wer schon soll letztlich sein Erbe antreten? Petrus? Nein! Der nicht! Petrus ist zu sehr mit den blonden Engeln beschäftigt, damit sich diese Hübschen nur nicht zu sehr langweilen. Der alte Schwerenöter ist mit seinen über zweitausend Jahren immer noch hinter den Frauen her. Obwohl? Ob der nach so vielen Jahren weiß, wie man einer Dame den Hof macht? Und so einer kann nur bedingt die menschlichen Belange zu einem gut funktionierenden Kompromiss führen. Den armen Sündern auf der Erde steht Dank Petrus ein weiteres Sodom und Gomorrha bevor. Und so musste Gott auf schnellstem Wege wieder als der alleinige Chef einsatzfähig werden. Aber bis es soweit ist, erleidet auch er Qualen, die nur der Liga im Höllenreich bekannt sein dürften. Doch irgendwann wurde es dem heiligen Petrus zu viel, seinen Boss so heftig leidend zu sehen!

„Herr", sprach er zu Gott,

„Herr, der Kamillentee reicht nicht zu Deiner Gesundung! Was in Deinem Namen kann ich noch alles tun, damit Du wieder fit für Deine anstehenden Aufgaben wirst?"

„Ach geh", sprach Gott,

„hör auf mich derart verbal anzuschleimen! Du hast nur Angst, dass alle Arbeiten, die ich erledige, an Dir hängen bleiben! Für Frauen bleibt da wohl keine Zeit mehr! Wie ich mich in meiner derzeitigen Haut fühle, interessiert eh niemanden!"

Damit hatte Gott wohl recht, denn sein Leiden beeindruckte Petrus nicht allzu sehr. Eigentlich hatte er für seinen maroden Chef, der mit seinen 38° Fieber einen Titanenkampf ausfechtet, nur ein gelangweiltes Achselzucken übrig. Das ganze Getue über eine Erkältung hielt den ewigen Frauenheld Petrus nur von den hübsch anzusehenden Engeln fern. Da half auch die Jahrtausende fruchtbare Zusammenarbeit zwischen seinem etwas wehleidigen Boss und ihm – seinem Kompagnon herzlich wenig! Was leicht zu verstehen war, wo doch Gott zum fünften Male innerhalb eines Jahres wegen einer simplen Erkältung **(Halt! Von wegen simpel! Immerhin handelt es sich dabei um eine Männererkältung! Wohlbemerkt!)** ans Bett gefesselt ist. Mitleid? Bei einer ersten Erkältung ja, aber fünfmal hintereinander?!?!

Und so stand Petrus demutsvoll **(Schleimer)** am Krankenbett des Chefs und wartete auf neue Instruktionen.

„Petrus mein Freund", sprach Gott mit heiserer Stimme,

„hol mir bitte meine Mutter! Die weiß, was zu tun ist!"

Und Petrus tat das, was ihm von seinem Boss aufgetragen wurde. Er, der ewige Zweifler, ging zur Mutter Gottes.

„Heilige Mutter", sprach er zur heiligen Maria, „dein Sohn ruft nach Dir!"

„Wie", antwortete Maria,

„ist er vielleicht schon wieder krank?"

„Ja!", sagte Petrus mit gesenktem Haupt.

„Wieder eine Erkältung?", fragte Maria.

„Ja!", gab Petrus zur Antwort.

„Immer dasselbe!", sagte Maria.

„mit den Kindern hat man so seine Müh'!"

Und so machte sich Maria auf den Weg, um ihren Sohn in seinem Leiden zu trösten. Als die heilige Dame das Krankenzimmer betrat, sah sie wie ihr Sohn gequält von einer Erkältung im

Bett lag. Unbeeindruckt von der göttlichen Almachtstellung ihres Sohnes sagte Maria:

„Jesus, nicht schon wieder! Nicht schon wieder! Ich habe ja für eine Erkältung Verständnis, aber bei einer fünften denkt doch jede Mutter, dass ihr Sohn ein hoffnungsloser Hypochonder ist. Also mein Sohn, erheb' Dich, das wird schon wieder! **Mann, DU bist Gott!** Verstanden! Also, tu Dir und uns allen den Gefallen und lass Dich nicht gar so hängen!"

Der Aussage seiner geliebten Mutter musste sich Gott beugen, da half es auch nicht, dass er Gott war. Der Arme erhob sich mit allerletzter Kraft aus seinem Bett.

„Heute", dachte er sich,

„meint es aber auch niemand mit mir – einem Todkranken - gut!"

Das ewige Leben im Himmel kann sehr, sehr grausam zu einer von der Erkältung gebeutelten Gottheit sein. Und so musste der liebe Gott trotz schwerster Krankheit seinen göttlichen Aufgaben nachkommen. Seine Mutter, die heilige Maria, strickte für ihren leidenden?!?! Sohn einen wärmenden Pullover. Und Petrus? Der machte sich daran die vertane Zeit, in der er die Engel vernachlässigte, mit Bravour nachzuholen.

7 Kratz mich, beiß mich, und gib mir einen Tiernamen

Was tut eine Ehefrau, deren Gatte glaubt, er sei der Weltmeister unter all den talentierten Liebhabern dieser Welt? Na, was wohl? So eine Dame dirigiert sein überschätztes Ego in die Liga herunter wo es tatsächlich hingehört. Und so einen Typen gibt es wirklich!

Sein Name ist Alfredo! Und der Kerl mit italienischen Wurzeln hatte das Glück eine wunderschöne Frau an seiner Seite zu haben. Und diese Dame – nennen wie sie Irene - liebte ihren Gatten über alles. Aber zuweilen ging ihr sein Hang zur Übertreibung doch gehörig auf die Nerven. Was soll man machen, ein ewiges Naturgesetz besagt, dass Italiener und Amore ein und dasselbe sind. Das liegt denen in ihren Genen fest verankert. Und sowas gehört eben zusammen, so wie Zwetschgendatschi und Sahne!

Und wenn der ultimative Starpopper nicht bei seiner Irene angeben konnte, machte er den Damen in seiner unmittelbaren Umgebung auf charmante Weise den Hof. Alles rein platonisch, denn ein unerlaubtes Fremdgehen hätte sicher seinen frühen Tod bedeutet!

Wie oft durfte Irene am Stammtisch des Fußballklubs anhören, wie ihr Alfredo mit seinen

Ausführungen wie toll und kreativ er im Bett doch sei bei seinen verkommenen Saufkumpanen angab.

Dabei war denen das Wort „Sex" wegen ihres ausufernden Biergenusses mittlerweile ziemlich fremd geworden.

Jedes Mal aufs Neue versank Irene in schwermütiger Nachdenklichkeit. Nur sie weiß die Qualitäten, die der Alfredo auf die Menschheit loslässt, zu benoten.

Auf einer Skala von Zehn bis null rangierte ihr Gatte auf gerade mal auf minus Null. Gut! Ich sollte es genauer erklären. Also die Zehn besagt, dass so ein Don Juan zur erotischen Oberliga zählt, der jede Dame ins erotische Himmelreich entführt. Und die Null? Muss ich das auch erklären? Wohl nicht! Ich glaube, das könnt ihr gut selbst beurteilen. Und der Alfredo? Der genoss sogar eine minus Null. Und so wurde der Träumer Alfredo durch die Mithilfe seiner geliebten Gattin von seiner kuscheligen Traumwolke unsanft in die gnadenlose Realität gestoßen.

Natürlich durfte Irene nicht von seinen geschwächten Lenden erzählen. So was tut eine Ehefrau nicht, die ihren Gatten trotz Problemen im Ehebett liebt.

Um sein Ego aufrecht zu halten, muss so eine

Dame ihren Gatten immerzu zu neuen Helden-
taten anstacheln.

Und Irene wusste auch, dass wenn ihr Alfredo
– um dem ehelichen Beischlaf zu entgehen
Kopfschmerz als Ausrede gebrauchte – es Pillen gab, die seinen kleinen stets müden Freund
in Form bringen würden! Da wurde aus einer
weichen Spaghetti – das lieben doch die Italiener – wieder eine harte Nudel, mit der eine Ehefrau das nette Gesellschaftsspiel Mikado spielen konnte.

Doch ein Zuviel dieser Pillen konnten die Freu-
den sexueller Spiele in eine Katastrophe führen.
Wie das? Bitte, lassen Sie mich weitererzählen!
Es war wieder so weit. Irene lief den ganzen
Tag wuschelig wie eine Horde Teenager durch
die Wohnung. Sie wollte von ihrem Alfredo unbedingt vernascht werden. Und um den schlaf-
fen Kerl, der mit Messer und Gabel am Küchentisch sitzt und auf seine Pasta wartet, in Stim-
mung zu bringen zerbröselte sie zwei soge-
nannte Potenzpillen über Alfredos Abendessen.
Irene wusste aus Erfahrung früherer Zeiten,
dass sich nach etwa dreißig Minuten des War-
tens eine enorme Wirkung in Alfredos Mitte
ausmachen lässt.

„Hoffentlich“, dachte sich Irene,
„sprengt er mir nicht den Reißverschluss seiner
Jeans. Ach was, dann nähe ich das Teil eben

wieder an! Hauptsache ist doch, dass mich Alfredo mit seinem Hammerteil ans Bett nagelt!"
Und tatsächlich nach etwa zwanzig Minuten -
etwas zu früh, aber immerhin – war es dann soweit. Alfredo rutschte mit seinem Arsch von einer Seite des Stuhles zur anderen. Zum ersten
Mal seit Monaten verdrehte er seine Augen.
Und dies war das sichere Zeichen für seine I-
rene, dass der Ritt durchs Matratzenlager kurz
bevorstand.
„Hui", dachte sie sich,
„heute Abend gehör' ich der Katz!"
Wie durch ein geheimes Zeichen erhob sich
Alfredo von seinem Sitzfleisch und ging auf direktem Wege auf seine lüstern gewordene Irene
zu. Er warf sie wie einen Sack Kartoffeln über
seine breiten Schultern und trug seinen Schatz
ins Schlafgemach. Auf dem Weg dorthin flüs-
terte er ihr verliebt ins Ohr:
„Mein altes Mädchen, mach Dich auf eine lange
Nacht gefasst, denn heute wird gevögelt, dass
Dir das Hören und Sehen vergeht!"
„Na, das will ich doch hoffen!", gab ihm Irene
zur Antwort.
Und so ging es bei den Beiden im ehelichen
Schlafzimmer in tierisch wilder Manier heftig
zur Sache.
Wild?!?! Na ja!
Nachdem es die Zwei getrieben hatten, lagen

95

sie sich erschöpft in den Armen. Um sich weiter Bestätigung seiner vollbrachten Liebeskunst einzuholen, sprach Alfredo zu seiner Irene:

„Mein Schatz, mach mich glücklich! Komm schon, kratz mich, beiß' mich und gib mir auch noch einen Tiernamen!"

Und die Irene antwortete völlig desillusioniert auf seine Bitte:

„Aber ja doch, mein **Eins-Zwei-Drei-Fertig-Hase**!"

8 Was schenkt man einer Frau?

Weihnachten steht vor der Tür und jeder in der Familie schreit nach Geschenken. Warum auch nicht, schließlich muss das Weihnachtsgeld, das der Vater von seinem Boss erhalten hat, unter die Leute gebracht werden! **(Mir tut so ein gebeutelter Firmenchef aufrichtig leid. Der Arme muss seinem unnützen Personal eine weihnachtliche Bonuszahlung zukommen lassen, damit sein Faulenzervolk im Jahr darauf kräftig krankfeiern kann. Aber es ist nun mal Gesetz, und somit darf er leiden.)** Gut, ist sein Problem!

Ich will nicht vom eigentlichen Thema abschweifen! In dieser Story dreht es sich nur darum, was ein Mann seiner Frau zum anstehenden Weihnachtsfest schenkt.

Nun, bei den Kindern ist es ein Leichtes herauszufinden, was die heillos verzogenen Prinzessinnen und Prinzen unter dem Weihnachtsbaum haben wollen. Der Knabe wünscht sich wie jedes Jahr das neueste Computerspiel und das ewig missgelaunte Töchterchen möchte das aktuelle Smartphone, das dem Vater die Hälfte seines Weihnachtsgeldes kostet! So funktioniert Konsum! Die Jugend von heute begnügen sich

nicht wie wir es taten - mit Pullis oder Schlittschuhen! Denen ist das, was wir zu damaliger
Zeit von unseren Eltern als Geschenke erhiel-
ten, nur ein schlechter Witz! Natürlich durfte
unter all den Geschenken auch das Billigpro-
dukt eines Pullis sein, doch darin sollte sich zur
Steigerung der kindlichen Neugier mindestens
das neueste Handyteil, das gerade den Markt
beherrscht, eingewickelt sein. Mit simplen
Schlittschuhen und sonstigem Proletenmüll bekommen unsere Schutzbefohlenen nur den totalen Lachanfall! Damit lässt sich die faule Bande
nicht aus ihren vermüllten Zimmern herauslo-
cken! Und außerdem gefährdet der Sport die
Gesundheit unserer Jugend. Wie das? Na weil
sich die Buben und die Gören beim Versuch einige Runden auf dem Eis zu drehen sämtliche
Knochen brechen würden. Bewegungsfreude?
Nein, das ist ein totales Tabuthema für die aufmüpfigen Lauser! Außer sie dürfen mit dem
Zeigefinger tausende SMS am Tag auf dem
Handy tippen, denn dieses ist laut ihrer Vorstellung wohl genug, was das Sportliche anbelangt.
Aber was schenkt man denn nun der Dame des
Hauses? Die besitzt ja schon alles, was sie zu
ihrem Glück benötigt! Früher zu Beginn unserer Ehe – also vor fünfzehn Jahren - war es
leicht zu erraten, was ich der Guten schenken

soll. Da hätte ich meinen Schatz mit aufreizenden Dessous und diversem Sexspielzeug beglückt. Aber nach so langer Zeit? Für fünfzehn Jahre Eheleben und tausende Falten am Gesäß meiner Liebsten wäre rheumatische Angorauntwäsche sicher die bessere Wahl! Wie bitte, Sie finden, dass das was ich von meiner Frau und ihrer Rückfront sagte, doch sehr unverschämt sei? Finde ich nicht! Sie sagt doch auch ständig zu mir, dass mir eine überdimensionale Bierwampe gewachsen sei. Und das - meine Herrschaften - ist ja wohl mehr als unverschämt! Dass mir diese Speckgeschwulst an meinem ehemals athletischen Körper anhaftet, ist nur meiner Gattin zu verdanken. Warum musste ausgerechnet sie vor Jahren erfolgreich an einem Kochkursus an der hiesigen Volkshochschule teilnehmen. Verstehen Sie jetzt? Da muss doch ein Mann immer fetter werden! Oder?

Trotz allem Respekt meiner Liebsten gegenüber darf ich ohne zu übertreiben behaupten, dass es für mich lebensgefährlich sei sie ohne vorherige Vorwarnung nackt im gleißenden Tageslicht zu sehen. Der vom ersten Schreck hervorgerufene Herzinfarkt meinerseits wäre dann unausweichlich.

„Rheumawäsche?", werden manche mit der Nase rümpfen,

„wie einfallslos!"

Gut, etwas mehr Fantasie sollte ich bei diesem heiklen Thema schon mal an den Tag legen, wo es doch ein Weihnachtsgeschenk für meine bessere Hälfte sein soll. Doch jene Zweifler, die an meinem Ideenreichtum so manche Ungereimtheiten finden, kann ich beruhigen. Zu der wärmenden Unterwäsche gibt es genügend Alternativen. Wie wäre es, wenn ich meinen Schatz mit einem neuen Schnellkochtopf überraschen würde? Schon oft musste ich mir anhören, dass der alte seinen Geist aufgibt. So ein Küchenutensil kommt bei jeder Hausfrau bestens gut an. Oder?

Nein! Gut, dann bekommt sie eben die Mikrowelle mit integrierter Grillfunktion! Und das meine Lieben, kommt der gesamten Familie zugute! Aus und Basta, sie bekommt die Mikrowelle!

Ich will mal zusammenrechnen! Der Sohnemann kriegt das neueste Gamespiel, die mitten in der Pubertät befindliche Tochter erhält das sündhaft teure Smartphone und die Alte darf sich an einer neuen Mikrowelle erfreuen!

So, die Familiengeschenke hätte ich beisammen! Jetzt geht es nur noch darum andere – also fast fremde Personen - mit kleinen Geschenken an sich zu binden. Vornehmlich Frauen, denn Männer beschenken sich untereinander nicht gerne. Wir bevorzugen mehr das soziale Beisammensein in lustiger Runde in einer netten Bar bei Kartenspiel und unendlich viel Bier.

Eine Bekannte von mir **(ein totales Luder)** soll ihren gewünschten Brillantring für läppische achttausend Euro erhalten! Ja! Sie lasen richtig, als ich von achttausend sprach! Aber glauben Sie mir, diesen Ring und weitere neckische Präsente hat sich diese Dame mit ihrer aufopfernden Art weitestgehend verdient!

Jetzt kommen die ewigen Nörgler wieder zu Wort, indem sie glauben, dass achttausend Euro eigentlich viel zu viel Aufmerksamkeit in Form eines teuren Ringes für eine Dame seien, die ja nur den Status einer guten Bekannten besitzt. Nein, ist es nicht! Denn um die Gunst jener charmanten Dame weiterhin genießen zu dürfen, bedarf es weit mehr als einer simplen Mikrowelle! Und außerdem handelt es sich dabei um eine sehr gute Bekannte! Glaubt mir, jeder Ehemann, der es sich leisten sollte, so eine freizügige Dame, die in geheimer Mission uns Männerwelt beglückt, auf der Gehaltsliste stehen haben kann sich glücklich nennen. Nur so besteht für uns die Gewährleistung, dass wir uns im Bett jener Dame weiterhin auf höchstem Niveau unterhalten können. Gefährlich wird es erst, wenn die Ehefrau erfährt, dass ihr über alles geliebter Gatte so manche Überstunden nicht in der Firma, sondern bei dieser attraktiven Dame abgeleistet! hatte. Dann wird es für die meisten Hallodris unter uns sehr, sehr teuer werden! Entweder ich streiche der Freundin den Brillantring, damit ich ihn in einer weihnachtlichen Zeremonie meiner Ehefrau an den Finger stecken kann oder ein geldgieriger Anwalt erklärt mir und den anderen rostigen Kerlen wie es mit der Rechtslage aussieht. In diesem Falle reicht es sicher nicht, der Freundin oder Bekannten - das hört sich besser an - eine Mikrowelle anzubieten! Auch dann nicht, wenn das Teil eine integrierte Grillfunktion hat. Denn dann hat man zwei statt nur eine Dame, die einem an die Kehle gehen möchte.

Und so ist das Abenteuer, sich eine Zweitfrau zu halten, ein ewiger Tanz auf glühenden Kohlen! Aber sagen wir mal, dass keine der Damen von der anderen Bescheid weiß, dann sind wir sündige Männer als ewige Glückspilze dazu verdammt stets knapp bei Kasse zu sein!

Also beweisen Sie Ihrer Gattin wie wertvoll sie für Ihr Leben sei! Vielleicht können Sie sich zu einem Kompromiss durchringen und schenken der Gattin zu der Mikrowelle auch noch den Schnellkochtopf. Wär doch 'ne tolle Geste! Ich für meine Person habe mich dazu durchgerungen, denn ich liebe meine Familie aufrichtig!

Und die gute Bekannte? Dieses Liebchen bekommt den Brillantring und außerdem auch
noch die aufreizenden Dessous, die ich zu
früheren Zeiten meiner Gattin unter den Weihnachtsbaum gelegt hätte. Und somit bekommt
jeder das, was ihm gebührt! Gerade zu Weihnachten ist man noch mehr als sonst verpflichtet
der Liebe einen größtmöglichen Dienst zu erweisen!
Ein besinnliches und frohes Fest!

9 Und was schenkt man einem Mann?

Nächste Woche ist Vatertag und was schenkt man einem Vater, der sich lieber in der Kneipe und nicht im Kreise seiner Familie aufhält? Eine schwierige Frage! Und so überlegte Frau Bichlmayer und die beiden Kinder, der zwölfjährige Sohn Franz so wie sein Vater, und die zehnjährige Tochter Susanne von allen nur Susi genannt, was man am Jubeltag ihres lebe-freudigen Ernährers schenken könnte. Früher als der Alte noch zur Schule ging, war er regelrecht verrückt nach allem was nach einem Ball aussah. Da wäre ein Fußball die erste Wahl gewesen.

Aber heute als Erwachsener?

Da kann der Rest der Familie Bichlmayer schon mal in ein Dilemma geraten.

„Der neue Flachbildfernseher, den sich der Alte seit ewigen Zeiten wünscht, geht wohl weit über das Haushaltsbudget hinaus", sagte Frau Bichlmayer.

„So ein Edelteil ist der Familie dann doch zu teuer. Obwohl? Dann bliebe der notorische Saufbold öfter zu Hause und nicht bei seinen unwürdigen Kumpanen aus der Dorfschänke."

An diesem verpissten Ort, wo sich Ratten und

Kakerlaken die Hand reichen, betreibt der Alte das Amt des Ersten Vorsitzenden des örtlichen Schützenvereins. Schützenverein! Ha, es solle eigentlich Erster Vorsitzender aller Säufer aus dem Dorf heißen. Um zu einem annehmbaren Ergebnis zu gelangen, saß die Familie in der Küche um sich zu beraten, was für den Vati das geeignetste Vatertagsgeschenk sei.

„Wie wäre es, wenn wir dem Vati eine Jahressitzplatzkarte für den FC Bayern besorgen würden?", sagte der Bub.

„Geht nicht", antwortete Mutter Bichlmayer, „dann kommt der Kerl gar nicht mehr nach Hause!

Und außerdem kostet so eine Dauerkarte ein Vermögen! Und das ist der alte Hallodri dann doch nicht wert! Aber irgendwas müssen wir ihm geben sonst streicht er uns allen die Weihnachtsgeschenke - und das meine Lieben, wäre echt hart!"

„Wir könnten Vati doch mit einigen Flaschen gutem Wein überraschen", sagte die Tochter.

„Ha", antwortete die Mutter, „das würde Deinem Vati sicher gefallen - damit er noch mehr als sonst säuft! Nix da! Das kommt überhaupt nicht in Frage! Es muss schon etwas sein, das seine Leber schont."

Und so überlegten die am Küchentisch sitzenden Familienmitglieder was zu tun sei. Es erwies sich als äußerst schwierig, für ihren Vater, der ja recht aktiv außerhalb seiner Familie eine Orgie nach der anderen feiert, ein annehmbares Geschenk zu finden.

„Wie wäre es mit dem Gesellschaftsspiel Monopoly?", sagte Franz Junior,

„dann bliebe Vati öfters Zuhause!"

„Ich finde das Spiel „Mensch ärgere Dich nicht" viel besser!", sagte Susanne, die Tochter.

„Ach geh", sagte Frau Bichlmayer,

„der Kerl kann doch nur Skat und Schafkopf um echtes Geld - oder besser mit dem Haushaltsgeld der Familie Bichlmayer - und um hektoliterweise Bier spielen. Eure Kinderspielchen lassen Euren Vater doch kalt!"

Und während man fieberhaft nachdachte, störte das Schellen des Telefons die familiäre Andacht.

„Bichlmayer am Apparat!", sprach die Dame des Hauses,

„wer am Apparat? Ach Du bist es Mutti! Sprich, was kann ich für Dich tun?"

„Mein Kind", antwortete die Großmutter,

„ich hoffe doch sehr, dass ich Euch nicht bei wichtigen Themen störe!"

„Aber Mutti", sagte ihre Tochter,

„seit wann störst Du uns? Wir sind gerade dabei nach einem geeigneten Geschenk für Franz zum

Vatertag zu suchen. Hättest Du eine Idee?"

„Aber ja doch, mehrere!", sprach die Großmutter,

„das schönste Geschenk wäre eine Scheidung! Natürlich nur zu Deinen Gunsten! Oder wenn das alles nichts hilft, kipp dem alten Taugenichts jeden Morgen eine Brise Strychnin in seinen Kaffee. Und nach seinem seligen Ableben vergrab' Deinen Schatz im Keller, dann weißt Du zu jeder Zeit, wo er sich gerade aufhält."

„Ach Mutti", sprach Tochter Bichlmayer,

„hack' doch nicht andauernd auf dem Franz herum. So schlimm wie Du von ihm denkst ist er nicht. Es ist doch Dein Schwiegersohn und der Vater Deiner Enkelkinder. So wird das nie was mit Euch beiden!"

„Na ja", antwortete die Großmutter,

„wahrscheinlich hast Du recht. Eine Liebe zwischen Deinem Franz und mir wird sicher noch sehr lange dauern. Was soll's? Dein Franz ist bleibt und bleibt ein ewiger Taugenichts! Es würde mich nicht wundern, wenn er sich in diesem Augenblick in den Armen einer verkommenen Nutte befindet. Zuzutrauen wäre es dem alten Schwerenöter."

„Mutter", sprach ihre Tochter,

„heute bist Du keine Hilfe, darum lass uns später nochmal telefonieren. Bussi und Tschüss!", und die Tochter legte auf.

„Mutti", fragte die kleine Tochter,

„was ist eine Nutte?"

„Eine Nutte", sagte die Mutter,

„ist eine......"

Bevor die Mutter weiter Antwort geben konnte, schellte erneut das Telefon. Das Telefon rettete die Mutter, wie sonst hätte sie ihrer Kleinen das unschöne Wort Nutte erklären können.

„Bichlmayer am Apparat!", fragte die Mutter,

„Hallo Thea, ich bin's Elli, die Bedienung von der Dorfschänke!"

„Auch hallo", antwortete Frau Bichlmayer,

„gibt es was, was ich wissen muss?"

Die zwei Damen sind seit frühester Kindheit gute Freundinnen. Und jedes Mal, wenn Elli bei den Bichlmayers anruft, hat Herr Bichlmayer wieder mal einen kapitalen Bock in Form eines totalen Unsinns abgeschossen!

„Ich wollte Dir nur sagen, dass Dein Schatz mit der halben Kneipenkundschaft unterm Tisch liegt und schläft", sagte Elli zu Thea.

„Hat sich der versoffene Kerl wieder mal mit Bier und Schnaps bis rauf zu den Ohren zugedröhnt?", fragte Frau Bichlmayer.

„Total!", antwortete Elli.

„Ich könnt dem Kerl an die Kehle gehen", rief Frau Bichlmayer ins Telefon,

„gerade heute wo wir alle um den Küchentisch

herumsitzen, um nachzudenken, was wir dem alten Sack zum Vatertag schenken könnten. Ich dachte an einen Fernseher, aber der ist uns zu teuer. Der Franzl glaubt, sein Vater würde einen Hurrasprung machen, wenn er das Spiel Monopoly erhält. Und die Susi wollte dem Alten eine Kiste Wein schenken, doch das hab ich ihr sofort ausgeredet. Und das „Mensch ärger Dich nicht"- Spiel kommt für meinen lasterhaften Gatten auch nicht in Frage. Du weißt doch der Kerl spielt nur für Geld. Du siehst, dass wir uns Drei den Kopf zerbrechen, keiner von uns kommt zu einer brauchbaren Lösung! Elli, du kennst ja meinen Alten, was würdest Du ihm zum Vatertag schenken?"

„Hm", sprach Elli,

„Ihr müsst nicht lange nachdenken, ich habe das perfekte Geschenk für den alten Suffkopf!"

„Wie meinst Du das? An welches Geschenk dachtest Du?" fragte Frau Bichlmayer.

„Thea", sprach Elli,

„ein Fahrrad wäre für die nächsten Monate die bessere Wahl!"

„Ein Fahrrad?", fragte Frau Bichlmayer erstaunt,

„was willst Du mir damit sagen?"

„Thea, jetzt musst Du stark sein. Als ich sagte, dass Dein Gatte unter dem Tisch liegt, musst Du eines wissen: nachdem Franz fünf Bier und fünf

Cognac genossen hatte, wollte er - obwohl wir ihn davon abhalten wollten - mit dem BMW nach Hause fahren. Du kennst ja seinen Dickkopf, wenn er besoffen ist. Und ausgerechnet heute fuhr er direkt in eine polizeiliche Fahrzeugkontrolle. Und Du kannst Dir selbst ausrechnen, was nun auf Deinen Franz zukommt. Glaub mir, die Zeit, in der er mit dem Drahtesel durchs Dorf fährt, wird dem alten Säufer guttun und zudem eine Lehre sein!"

10 Ins Hotel der grenzenlosen Freuden

Ich bin nun seit fast drei Jahren ungewollt Single. Und dieser Umstand sollte nicht zu meiner allgemeinen Lebensfreude beitragen! Mit jener Freude meine ich, dass mir an manch einsamen Abenden zwischenmenschliche Turnübungen fehlen. Und was tut so einer, der nicht andauernd seine Hände zu einer erotischen Kür verpflichten will? Na, Na? Genau, so ein armer Tropf geht halt ins Puff! Nur eine biedere Kleinstadt wie die unsere bietet allein ein einziges Gebäude, das diesen ruchlosen Service am Herrn anzubieten hat.

Die „Techtelmechtel-Bar"! Dort arbeiten drei Damen. Die Alice - eine vollbusige Dame mit gerade mal achtunddreißig Jahren. Des Weiteren bedient hier die auf französische Konversation eingespielte Alma mit ihren sechsundneunzig Kilo. Und zuletzt die Mutter des Hauses Franziska. Und auf welchem Gebiet ist diese Dame spezialisiert? Als ehemalige Chiropraktikerin hat sie ihr Talent zum Massieren steifer Glieder zur Verfügung gestellt. Wie bitte, mehr hat die Dame nicht anzubieten? Doch! Eines kann sie besonders gut! Bescheißen! Jawohl,

Franziska war eine Meisterin im Abzocken ihrer Kunden! Dadurch, dass diese Dame Geld mehr liebt als ihren Beruf, darf sich mancher Freier freuen für minimal angewandte Leistung am kleinen Freund zu zahlen - was in manchen Fällen dazu führte, dass die eine oder andere Kundschaft unbedient den Nachhauseweg antreten durfte. Und um diesem Frust entgegenzuwirken, kommt wieder das Solohandprogramm zum Einsatz. Aber jeder Kunde hat die Möglichkeit des Aussuchens. Keiner von denen war verpflichtet, sich von der geldgierigen Franziska bedienen oder gar sich von ihr bescheißen zu lassen.

Mit den letzten hundert Euro machte ich mich auf den Weg, um eine der Damen mit diesem Geldschein zu beglücken. Die Alice sollte mein Favorit für mein unzüchtiges Abenteuer unterhalb der Gürtellinie sein. Die Dame sieht mit ihren achtunddreißig Jahren immer noch einigermaßen fetzig aus und das ist doch beim Sex mit einer Bezahltante das Wichtigste.

Gespannt, aber auch etwas nervös auf das Bevorstehende stand ich vor der Eingangstüre zu jenem Tempel der Lust. Mit einem prüfenden Blick in den Spiegel meines Mofas sollte ich mich davon überzeugen, dass mein Aussehen für Alice zu passen schien.

Doch beim Betreten des Hauses sollte mich das

Grauen direkt anspringen. Von dem Parterre bis rauf zur zweiten Etage warteten unzählige Typen.

Einundzwanzig Individuen und jeder von denen hoffte, dass sich eine der hier arbeitenden Damen Seiner annimmt. Um mich zu informieren, wie es nun weitergehen sollte, fragte ich den Herrn vor mir:

„Na, mein Freund, wo wollen all die Burschen hin?"

„Rate mal", bekam ich zur Antwort,

„ich denke, dass wir allesamt davon träumen von den weichen Brüsten Alices eingebettet zu werden."

Ja, ja, ich geb's zu, ich bewege mich, was das horizontale Gewerbe anbelangt, auf unbekanntem Terrain. **(Ha,ha, Lüge!)**

Ein Geistesblitz schoss mir eine Eingebung direkt ins Hirn. Danach sah ich alles klar. Hier in dieser Stadt erleben wir alle paar Jahre so eine spezielle Messe für Staubsauggeräte und Co. Und um sich von der Entfernung zu seinen Liebsten zu vertrösten, gehen sämtliche Handelsvertreter und sonstige nervigen Außendienstmitarbeiter in das einzige Puff, das unsre Stadt zu bieten hat. Ich wusste, wenn angespitzte Vertreter feiern, hat der Rest der Stadt für die Zeit der Messe absolute Pimperpause.

Und so stand ich als zukünftiger Freier im voll-besetzten Treppenhaus und wartete auf meinen Einsatz. Nur wie soll in solch einer Situation erotische Vorfreude entstehen?

Nur sehr langsam bewegte ich mich die Treppe nach oben. Jedes Mal, wenn ich eine Stufe er-klommen hatte, nahm ein mit Raffinesse ver-wöhnter Kunde Abschied von der aparten Alice, was nicht heißen sollte, dass die Menschen-menge im Treppenhaus weniger würde. Daran war nicht zu denken, denn wenn einer das Haus verließ, gesellte sich sofort ein anderer zu unse-rer illustren Gesellschaft hinzu.

Arme Alice, heute arbeitest Du im Akkord!

Zwei Stunden später:

Mittlerweile trat ich von einem Fuß auf den nächsten. Warum? Na so eine Blase kann selbst das erhabenste Gefühl eines bevorstehenden Sexabenteuers zunichtemachen. Um mich von den drei Bieren, die ich zuvor genossen hatte, zu erleichtern, musste ich meinen Platz in der Schlange verlassen. Ich dachte mir:

„wenn ich ausgepisst habe, reihe ich mich ein-fach wieder ein."

Ha, mein Optimismus führte mich wie so oft in die Irre! Nachdem ich im Puffgarten die Tulpen mit Flüssigkeit versorgt hatte, machte ich mich daran, wieder meine einstige Stellung im Trep-penhaus einzunehmen.

114

Scheiße!

Mein Platz wurde längst von einem Vertreter aus dem Sachsenland eingenommen. Und ich? Ich durfte mich erneut ganz hinten wieder einreihen. Ich verfluchte Edi, den Wirt aus meiner Stammkneipe, denn der hätte mich ja davor warnen müssen, dass sein Bier irgendwann wieder ans Tageslicht wollte.

Jeder der anwesenden Herren konnte hören, wie in Alices Arbeitszimmer die Post abging, wir alle durften teilhaben an dem animalischen Orgasmusgeschrei, was die Aktiven bis runter zum letzten Freier - und der war ja wie schon erwähnt ich - von sich gaben. Toll! Und wir - die Loser auf der Warteliste - bissen uns vor lauter Erregung die Finger wund. Mein Traum von einem betörenden Sex mit der frivolen Alice zerplatzte wie eine überreife Seifenblase. Wie es schien, sollte heute nicht mein Tag für dieses Vorhaben sein!

Langsam kam ich vom Erdgeschoss zur ersten Etage, dort wo die geldgeile Franziska mit ihrem heillos überteuerten Minimalservice auf zahlungskräftige Kundschaft wartete. Aber was war mit der korpulenten Alma? Diese Dame ist mit einem finanzfreudigen Freier in die Karibik gedüst!

Die kommt erst wieder, wenn ihr einstig vermögender Gönner das Sozialamt um Hilfe anbettelt. Verflixt, die Warteschlange, die auf die Gunst Alices hofft, wird und wird nicht kürzer! Scheinbar sind manche der poppenden Freier überaktiv, was das Sexuelle anbelangt. Und so ein rostiger Kerl, der sich aus den Fängen seiner Gattin losgerissen hat, will die Annehmlichkeiten genießen, wenn ihm eine bezaubernde Dame auf nette Art zu verstehen gibt, dass sein Geld bei ihr bestens angelegt sei. Und es wird sicher auch so manchen alleinstehenden Herrn unter den Anwesenden geben und die können es sich nicht leisten, sich eine üble Sehnenscheidenentzündung an den Händen einzuhandeln. Und für diverse Dienste einer Dame würden die Firmenspesen allemal reichen! Da kann man, um Geld zu sparen, das Abendessen ausfallen lassen. Und die Verheirateten? Die wollen nicht nur den üblichen quartalsmäßigen Hausfrauensex, denn dafür bietet das Leben eines Außendienstmitarbeiters die besten Chancen außerhalb der eingeschlafenen Ehe sich unterhalb der Gürtellinie verwöhnen zu lassen. Aber was ist mit mir? Soll ich hier im Puff als Ungefickter in die Geschichte des Hauses eingehen oder was? Na ja, hier warten bis zu meiner Rente muss ich nicht, aber wie lange soll es einer aushalten, der seit eineinhalb Jahren keine Frau außerhalb ihrer Textilien sah. Wichsen? Nein, dafür muss sich jeder gutaussehende Junggeselle – so wie ich es einer bin - viel zu schade sein! Auch wenn man zeitweise von der Arbeitslosenstütze lebt, muss doch einmal im Quartal eine wohltuende Berührung einer Teilzeitfreundin drin sein. Aber nicht an einem Tag, an dem Staubsaugervertreter 'ne frivole Messe feiern. Und ausgerechnet heute war so ein Tag. Eines wurde mir im Treppenhaus bewusst: nach oben zur Alice - daraus wird an diesem Tag nichts werden!

Mir bleiben nur zwei Optionen: entweder hier im Treppenhaus verfaulen oder sich der Franziska hinzuwenden. Die alte Tucke wartete eh sehnsüchtig auf einen Kerl der ihr eine gehörige Finanzspritze verabreichen würde. Und wie es aussah, war ich derjenige, der die Dame und ihr Konto mit positiven Einlagen erfreuen sollte. Ich kannte ja das Weibsstück aus früheren Zeiten und wusste auch, dass mir nur eine lauwarme Rubbelei – die mich auch noch ein Vermögen kosten würde – bevorstand. Ich hielt die ewige Warterei nicht länger aus! Es musste eine Frau her!

Und so läutete ich bei Franziska! Mir wurde von dem alternden Callgirl zu verstehen gegeben, dass ich herzlich willkommen sei und eintreten durfte.

Die Dame sah in mir nur das Eine! Geld! Ich war in ihren Augen nur eine fleischgewordene Gelddruckmaschine!

„Hey!", sprach sie zu mir,

„willst Dich ein bisschen entspannen? Ja? Na, dann komm doch rein zu mir!"

„Franziska", fragte ich,

„was soll es kosten?"

„Hundert", bekam ich zur Antwort,

„so wie immer. Das weißt Du doch!"

„Hundert Euro", dachte ich mir,

„ist wohl viel zu teuer für simples Abrubbeln!" Franziska bemerkte meine Stirnfalten und ahnte sofort, was gleich kommen würde.

„Hey Alter!", sprach sie im harschen Hurenjargon zu mir,

„ich weiß genau, was der edle Herr im Schilde führt. Vergiss es! Gehandelt wird bei mir nicht! Entweder zu blechst die hundert Euro oder Du kannst Dir das Geld sparen, indem Du Dir selber eine Freude gönnst!"

Was sollte ich tun! Nach oben zur Alice zu kommen war für die nächsten Tage nur bedingt möglich. Solange das muntere Volk der Haushaltsgerätevertreter in der Stadt war, konnte der Rest der Stadt das Abzählen Alices neckischer Muttermale vergessen! Was blieb mir schon übrig, entweder langweiliger Sex für hundert Euro bei Franziska oder noch langweiligeren mit mir alleine!

„Aber hundert Mücken", dachte ich mir,
„ist es das wert?"

Nach einiger Zeit des Überlegens – die Franziska mahnte mich mit einem Fingerzeig zur Eile – sagte ich zu mir:

„Ja, es ist es wert!"

Ich brauchte es ja unbedingt! Wie sonst sollte ich mit meinem stark verengten Reißverschluss meiner Jeans an die Türklinke des Puffausganges herankommen, damit ich diesen verkommenen Nepptempel verlassen konnte. Und so ließ ich mich auf eine Affäre mit der geldsüchtigen Franziska ein.

Wie zu erwarten, war mein Stunt auf horizontaler Ebene in einem viel zu kurzen Augenblick des lauwarmen Glücks vorbei. Franziskas entspannende Massage dauerte gerade mal drei Minuten.

Ja, ihr habt richtig gelesen! Die Franziska fertigte mich in einem dreiminütigen Akkordtempo ab. Und dafür durfte ich einen Hunderter blechen! Ich begann zu protestieren.

„Franziska, Deinen Stundenlohn hätte ich auch gerne! Du kannst mir doch keine hundert Euro abnehmen für ganze drei Minuten!"

Doch mein Protest lief ins Leere.

„Mein Guter", sprach Franziska zu mir,
„wenn Du schon nach drei Minuten den

Schnellschusshasen mimst und vor der vereinbarten Zeit fertig bist, ist es wohl Deine eigene Schuld! Und jetzt nerv' mich nicht weiter und rück' endlich mit der Kohle raus!"

Auf Franziskas soziale Ader konnte ich nicht hoffen, zu sehr war die alte Krähe am Geld interessiert und somit legte ich der Dame unter hörbarem aber aussichtslosem Protest einige Scheine in ihre Hand.

„Hier hast Du", sagte ich zu ihr,

„aber dafür wünsch' ich Dir die Krätze an den Arsch!"

Hätte ich erahnt, was mich an diesem Tage an Unerfreulichem erwartete, hätte ich mein gemütliches Bett nur unter Androhung körperlicher Gewalt verlassen, dann wäre mir das Drama von einem Minus von hundert Euro erspart geblieben!

11 Im Team kotzt es sich immer noch am besten!

Kennen auch Sie das Gefühl nur von nervigen Schwätzern umgeben zu sein? Ja? Dann ist Ihnen mein Mitleid gewiss. Denn auch ich gehöre zuweilen zu den willkommenen Opfern jener unsensiblen Zeitgenossen, die aus den Reden des Stammtisches heraus unsre marode Welt retten wollen. Wertloses Geschwätz einer einsamen Elitetruppe mit dem Verstand einer Fruchtfliege!

Dabei ist das Einzige, was diese nutzlose Meute zustande bringt, ein alltäglich wiederkehrender Atomrausch. Ein Lebervernichtungstrupp mit der Tendenz zum angehenden Wahnsinn. Wahnsinn ist wohl die richtige Bezeichnung! Bei ihren pseudopolitischen Reden hört man oft den 1.Vorsitzenden Albert B.:

„Wir, die HFD **(Heils Front Deutschland)** müssen auf Grund unseres politischen Manifestes den weltweiten CO_2 Ausstoß um die Hälfte reduzieren und der Explosion der Weltbevölkerung energisch entgegentreten!"

„Ich", unterbrach ihn der 2.Vorstand Franz V., „würde von allen Staaten verlangen, dass die Pariser **(Kondome)** sowie stärkende Potenzpillen gratis an die hungernde Bevölkerung ausgegeben werden. Nur so.....!"

„Papperlapapp", sprach der 1.Vorsitzende, „mit diesen Pillen werden die Kerle noch geiler! Man poppt gegen den Hunger. Und schon werden neue Kinder gezeugt. Wo ist da der Sinn der Sache?"

Als der 2.Vorstand vom 1. zurechtgewiesen wurde, bekam er furchentiefe Stirnfalten. Doch nach einigen Sekunden des Überlegens dämmerte es ihm. Und so durfte der 1. Vorsitzende ungestört weiterreden:

„Auch soll die Arbeitslosenversicherung – vor allem aber – und das sehe ich als unsere heilige Mission an, sollen alle Sozialleistungen um mindestens zwei Drittel angehoben werden. Und um dies in unser Gedächtnis einzubrennen, kommt es für alle Zeiten in unsere Vereinsstatuten. Verstanden?"

Und alle nickten wohlwollend ihrem Vorsitzenden zu.

Ich will mich nicht zu sehr an dem Gefasel jener Memmen aufhalten, denn es sind eh landauf und landab immer dieselben Sprüche. Wer diese Taugenichtse kennt, wundert sich nicht über deren Ansichten über das Anheben jener Leistungen, wo sie doch allesamt von der Stütze leben. Und so soffen sie jeden Abend bis zur Bewusstlosigkeit! Wie es scheint, haben wir es bei den

Akteuren mit sehr trinkfreudigen Suffbrüdern zu tun. Aber ja doch, das Saufen in geselliger Runde ist die Passion jener Taugenichtse! Das Einzige, was denen den Tag oder gar das Leben insgesamt versauen konnte, war das unverschämt böse Wort Arbeit! Eigentlich waren alle zu dem Stammtisch gehörenden Mitglieder durchgehend faule Schweine, die den Staat mit lächelndem Gesicht und mit zwei ausgestreckten Händen ausbeuten.

Doch an einem Abend letzten Monats war es dann soweit. Nachdem die Mitglieder des HFD den Biervorrat ihres Vereinslokals bis zur Neige vernichtet hatten, bekamen manche den unwiderstehlichen Drang zu speisen. ! Albert H. war der Erste, den so ein menschliches Bedürfnis heimsuchte. Revolutionen machen eben hungrig!

„Hey, Alfons", sprach er zum Wirt,

„bring uns allen was von Deiner leckeren Gemüsesuppe mit Rindfleisch!"

„Aber gerne doch", sagte der kurz vorm Bankrott stehende Gastronom,

„die habe ich für Euch heute Morgen früh frisch zubereitet. Also meine Freunde, haut ordentlich rein!"

Der Wirt bekam wegen der Aussicht auf nahe eintrudelndes Geld leuchtend glänzende Augen. Bei diesen Suffköpfen – so wusste er – bringt er das angeblich frisch Gekochte von letzter Woche an den Mann. Und so dachte er sich insgeheim,

„ob die Loser wegen meiner Suppe oder ihrem Alkoholkonsum um die Wette reihern, ist doch letztlich egal! Gekotzt wird auf jeden Fall!"

Und so trug er seine in höchsten Tönen angepriesene Gemüsesuppe auf. Und wie soll es anders sein, die gesamte Mannschaft stürzte sich wie die biblischen Heuschrecken auf den Uralt -fraß und schlug sich den Bauch bis kurz vorm Bersten voll. Doch die letzte Suppenkelle, die von den Kerlen aus der Schüssel geschöpft wurde, barg eine nette Überraschung.

Der 2. Vorstand Franz B. zog aus der Suppenterrine etwas hervor, was so manchen Herrn – egal ob betrunken oder nüchtern - seine Kaubacken um ein Vielfaches anschwellen lässt. Jeder im Gastraum suchte sich sein persönliches Plätzchen des Lokals und begann wie so mancher Japaner beim Oktoberfest hemmungslos zu reihern.

Doch wie kam es dazu? Lasst mich erzählen! Der Auslöser für dieses kollektive Ereignis war eine unglücklich verstorbene Kellerratte. Dieses arme Tierchen hatte sich aus Versehen in der exklusiven „Drei Sterne Minus" Küche des Lokales verirrt. Und da Ratten neugieriger als manche Kripobeamte sind, musste alles genau beschnuppert und inspiziert werden. Aber eine Ratte mit Gleichgewichtsstörungen kämpft mit manchen Untiefen, oder anders ausgedrückt eine depressive oder vielleicht nur eine unglücklich verliebte Ratte, die sich hungrig an einen Kochtopf klammert, hat nichts Gutes zu erwarten! In einer Sekunde der Unachtsamkeit fiel das zum Tode geweihte Tier in die Suppenschüssel und ertrank darin jämmerlich.

Gemüsesuppe mit Rindfleisch! Und somit wurde das hervorragende Gericht um eine weitere – aber immerhin frische Fleischeinlage bereichert.

Ist das so wichtig, um es zu erwähnen? Nein, eigentlich nicht! Für das verstorbene Nagetierchen sicher, aber uns Menschen lässt so ein tierisches Ende völlig kalt. Wäre da nur nicht die Sache mit dem Rattengift! Um dies näher zu erklären, bedarf es einiger Informationen. Liebe Leser, wie Sie selbst wissen, sind Ratten recht gesellige Tiere! Und wo sich eine aufhält, gibt es bestimmt fünf weitere, die man nie zu Gesicht bekommt. Doch in diesem einen Fall fand man in der noblen Küche des Lokals zwei dieser allseits beliebten Geschöpfe. Und wie schon erwähnt, lag die eine ertrunken in der Gemüsesuppe und die zweite starb an den Folgen einer für Ratten üblichen Vergiftung. Jetzt erst wurde es lustig im Gastraum. Die gesamte Stamm-tischrevoluzzermeute vereinte sich wie schon erwähnt zu einem gemeinsamen Massenge-kotze. So viel Gemeinsamkeit und Zusammen-halt zu erleben sprach doch für die innige Zu-sammengehörigkeit dieser Herrschaften! So ein Verein ist für die Ewigkeit bestimmt!

Aber was ist mit der zweiten, der vergifteten Ratte? Da keiner der Herrschaften ahnen konnte, woran die erste Ratte – die ersoffene – letztlich verstorben ist, begann unter den ausge-kotzten Freizeitpolitikern eine weitere Massen-panik.

„Was ist, wenn auch die Ratte in der Suppe von diesem Gift genascht hatte?", schrie der 1. Vor-stand in die Runde.

Das war das Schlagwort! Und alle schrien:

„Wir werden wie die erste Ratte vor die Hunde gehen! Schnell, ab ins nächste Krankenhaus!"

Und dort wurde den Herrschaften sogar noch das letzte Brösel Mageninhalt **(Gemüsesuppe, eine Woche alt mit Rind und Nagetierfleisch)** herausgepumpt.

Am Ende verloren alle Herrschaften ihren Ma-geninhalt, was in Anbetracht des Geschehens völlig rechtens war. Wiederum mussten manche **(Ratten)** einen grausamen Gifttod erleiden. Und das ist meines Erachtens die eigentliche Problematik der Geschichte. Und ein anderer hatte das Pech seine Konzession sowie den Pachtvertrag des mit langschwänzigen Tieren verseuchten Lokals zu verlieren. Und all das geschah nur deshalb, weil die trinkfreudigen Herrschaften des Vereins „HFD" nicht fähig waren, die exquisite Gemüsesuppe bei sich zu halten!

12 Eine traurige Lovestory zwischen einer Kopf - und einer stets umherwandernden Filzlaus.

Am Ende gibt es für die beiden Verliebten dann doch noch ein Happyend. Das spart Tränenflüssigkeit und jede Menge Papiertaschentücher!

Was gibt es Schlimmeres als eine Liebe, der es alle Zeiten verwehrt bleibt, auf fruchtbarem Eros-Boden zu gedeihen? Nichts! Nichts wird es geben, um dieses bodenlose Unglück ein kleines bisschen abzuschwächen! In jeder Epoche unserer Erdgeschichte kann man von solchen unseligen Leiden erfahren. Diese ewigen Dramen um Liebe und unerfüllte Leidenschaft, die letztlich dazu führten, dass man seinen geliebten Partner aus den Augen verliert, bescheren unseren Herren Autoren, Filmemachern oder Schauspielern, die sich diesem satt gewinnbringenden Genre verschrien hatten, jede Menge Nahrung zu ihren Arbeiten. Zwei blutjunge Lebewesen dürsten fieberhaft nach gegenseitiger Nähe. Meine Lieben - vergesst Euren Sehnsuchtswunsch! Das vorherrschende

Schicksal streut den gequälten Seelen anstatt roter Rosen nur schmerzhafte Reißzwecken in ihre verklärten Augen. Wer daran nicht zugrunde geht, dem fehlt jede Form von Sensibilität und der daraus resultierenden Liebesdramen. Solche Herrschaften bevorzugen die gnadenlose Realität. Wie ist das zu verstehen? Entweder ist der Zukünftige ärmer als 'ne eingepferchte Maus in einem Hartz 4 Kühlschrank oder der Kerl ist schon mit einer anderen verbandelt, wenn nicht gar verheiratet. Besonders schlimm wird es erst, wenn so ein draufgängerischer Hallodri einer ehrenhaften Dame ein Ding verpasst, indem er seine Gene an diese weitergibt. Jetzt kann er wegen ein paar Minuten, in denen er den Casanova mimen durfte, fleißig Alimente für sein ruchloses Tun an seine Liebste, oder einfach nur an seine Wochenendbekanntschaft abdrücken. Geschieht ihm Recht, dem Gauner, er hat es ja so gewollt! Bluten soll er! Und was ist mit dem angeblich schwachen Geschlecht?

Wir dürfen in unserem Eifer – der uns Männer als Taugenichtse darstellt – nicht die holde Weiblichkeit mit ihrer anheimelnden Allmacht vergessen! Glaubt mir, auch die haben in Bezug auf Leichtlebigkeit so manch mumifizierte Männerleiche im Kleiderschrank stehen!

Entweder wollen sich die Liebchen nur mit solchen Männern einlassen, deren Konten mit unzähligen Millionen von Geldscheinchen aufgestapelt sind. Also 'ne geldgierige Luxus-Tucke! Da sind Probleme vorprogrammiert! So eine Zusammenkunft kann für die armen Narren sehr, sehr teuer werden! Oder die Tante hat die Bekanntschaft mit dem zuvor schon erwähnten Herrn – der der den Damen mit seiner Lendenkunst nachstellt – gemacht. Und aus diesem Grund braucht die Tucke einen dummen Ernährer für die Kinderchen, die ihr der notgeile Casanova hinterlassen hat. Doch es gibt Damen – zumeist unattraktive – die in den Händen der Heiligen ihre Berufung finden. Wer? Nonnen! Eine absolut verwerfliche Verschwendung ihrer Weiblichkeit ist, wenn eine Dame es vorzieht ein freudloses Leben hinter tristen Klostermauern zu verbringen! Doch dieser Frauenschlag ist in heutiger Zeit, in dem es nur so von sündhaften Verlockungen wimmelt, sehr selten geworden. Eigentlich gibt es keine Nonnen mehr. Und durch diesen Umstand wird ab dem einundzwanzigsten Jahrhundert keine einzige Dame in den Heiligenstand erhoben werden.

Aber die lustigsten Damen sind die, die sich beizeiten für einen sozialen Beruf entschieden haben, indem sie ihr Auskommen in einem scharlachroten Büro – das zugleich als Bett dient – verdienen.

Mit ihrer Gelenkigkeit, die uns gestressten Männern wohlgesonnen erscheint, kann sich so manche Dame, die als Teilzeitfreundin arbeitet, ein Vermögen anhäufen. Ja, glaubt's mir, so ein fleißiges Mädel kann in ihrem Bett richtig reich werden!

Aber bitte meine Herren, lasst Euch keinen Sand ins Auge streuen! Seid vernünftig und versucht dieser Dame keinesfalls einen Liebes - oder gar einen Heiratsantrag zu machen! Glaubt mir, das käme nicht gut an! Ihr einstiger Stolz wäre dahin. Die Auserwählte würde sich vor Lachen am Boden hin und her wälzen und anschließend kommt der Beschützer zu der unglücklich verlaufenden Verlobungsfeier hinzu. Und wenn der sich um Sie kümmert, werden Sie von bunt schimmernden Sternchen umflattert werden, denn dann ist es aus und vorbei mit zärtlicher Liebkosung und liebevoller Berührung! Dann geht es schmerztechnisch sehr unfein zur Sache. Eine allumfassende Zahnzusatzversicherung wäre dann von Vorteil!

Ich will mich nicht mit horizontalen Geschichten verrennen, in dieser Story dreht sich alles um die einzige und alles verzehrende Allmachtsliebe. Adelinde und Isidor!

Zwei einsame Herzen. Und jeder für sich bewohnt einen anderen Kontinent. Das sind die verzweifelten Akteure dieser Story! Die Beiden hatten das Pech für sich gepachtet! Die Armen konnten nur aus der Entfernung einen flüchtigen Blick auf ihren Schatz auf der anderen Seite erhaschen. Wie das? Keiner der Beiden war fähig die unüberbrückbare Weite zu seinem Schatz zu bestehen. Und deshalb gab es für sie keine Möglichkeit sich in einem realen Treffen wiederzufinden. Von angewandter Liebe mal ganz zu schweigen. Also onaniert man bis einem die Hände zu glühen beginnen und denkt dabei an den anderen. Sex? Ha, nur im Kopfkino! Mehr ist für die beiden einsamen Seelen nicht drin! Die von allen Seiten her hübsch anzusehende Adelinde lebt hoch oben und ihr muskelbepackter Galan Isidor hat sein Refugium einige Etagen weiter unten – oder besser wäre, er bewohnt die Mitte.

Die eine Oben und der andre Unten? Aber was hat das mit Kontinent-übergreifender Entfernung zu tun? Gut! Ich glaube, ich muss Euch die beiden Verliebten erst mal vorstellen! Aufgepasst! Die Adelinde, wie auch ihr Herzensboy Isidor gehören nicht der menschlichen, sondern der allgegenwärtigen Kleintierrasse an. Adelinde nennt sich Kopflaus (Pediculus capitis) und lebt als Untermieter in den Dauerwellen einer lustig frivolen Dame, die in ihren Personalien unter Beruf nur einen Strich zu ziehen pflegt. Und Isidor? Dieser drahtige Hüne steht in Brehms Tierenzyklopädie unter blutsaugender gemeiner Filzlaus (Pthirus pubis). Eine überaus beliebte Tierart, wenn man bedenkt, dass jeder notorische Fremdgeher des Öfteren die Bekanntschaft mit diesen anhänglichen Käferchen gemacht hat.

Der Volksmund bezeichnet diese unter untreuen Männern oder Damen anhaftenden Tiere, die ihren Wirt freudige Jubelschreie hervorrufen lassen, gerne als Oberschenkelantilopen, Sackratten oder Ständerkäfer. Ich glaube, jetzt kennt man Isidor! Besonders betrogene Ehefrauen erfreuen sich, wenn der liebe Gatte ein solch anhängliches Tierchen ins eheliche Bett trägt! Glaubt mir, die Freude darüber wird immens sein! Die Dame des Hauses fühlt sich aus purer Dankbarkeit und grenzenloser Tierliebe dazu berufen, ihren Herrn Gatten in einem sportlichen Wettkampf samt seinen Käfern durchs Haus zu jagen. Na ja, was soll man dazu sagen? Sport ist doch, wie jeder Mediziner bejahen würde, recht gesund! Oder? Sport hin, Sport her! Zurück zur Story. Isidor, die Filzlaus, lebt wie seine Adelinde auch auf demselben Wirt oder derselben Wirtin, nur eben einige Etagen tiefer. Wo genau? Meine Herren! Muss ich Euch wirklich über diese Tiere aufklären? Ich denke, Ihr alle kennt die Tierlein nur zu gut!

Schaut doch mal an Eurem Gehänge genau nach, Ihr Halunken werdet sicher welche finden!

Ich finde, dass Scham - oder Kopfläuse an ihrem zugestandenen Milieu recht possierlich anzusehen sind, doch werden sie von der Menschheit, so wie es den Anschein hat, nicht gebührend respektiert oder gar geliebt. Mehr noch, man will diese Tiergattung endgültig auf die Aussterbeliste stellen. Solche süßen Krabbler ausrotten. Dürfen wir das? Nein! Unter moralischen Gesichtspunkten sei es als unverfrorener Frevel zu bewerten auch nur im Entferntesten daran zu denken, ein weiteres Tier auf Nimmerwiedersehen in den Weiten des Nirwana abdriften zu lassen. Jedes Lebewesen – egal ob für den Kochtopf oder nur um es mit lieben Augen anzusehen - hat das Recht von uns Menschen mit gebührendem Respekt und offenen Armen empfangen zu werden. Doch meine Erfahrung sagt mir, dass solche Ehrerbietung an Läusen – ob auf dem Kopf oder im verbotenen Tabu-Bereich - zu keiner Zeit praktiziert wird. Man liebt eben keine Tiere, die sich unerlaubt am Körper ihres Wirtes festklammern.

Wo in Gottes Namen sollen sich diese armen Geschöpfe, wenn nicht in den Haaren festhalten?

„Alles schön und recht", wird so mancher Tier-
hasser einwenden,
„ist doch legitim, wenn Läuse aussterben!"
Diese Spießertypen! Ach was rede ich, die
Kerle verstehen nicht, was es heißt, unglücklich
verliebt zu sein! Wahrscheinlich wurden die
Burschen von ihren Ehefrauen schon des Öfteren wegen eben dieser einen Tierart durchs
Haus gejagt. Oder diese Kerle sind mittlerweile
so abgeklärt und haben vergessen, was es bedeutet, wenn sich zwei Individuen nach endlos
langem Dahinschmelzen zu einem verdienten
Rendezvous vereinen wollen.
Problem! Ja! Schwierig wird es meist, wenn
sich so eine Intimlaus in eine vornehme Kopflaus verlieben sollte. Da wird das Herum-pen-
deln um sich einige Zärtlichkeiten einzuheim-
sen, recht schwierig werden. Die Adelinde und
ihr Galan Isidor erleben genau diese Dramen
von Einsamkeit und Verzweiflung - hervorgerufen durch unüberbrückbare Entfernung und die
Ablehnung durch uns Menschen.
Meist sitzt Adelinde auf einem blondierten
Haar Susis **(Susi ist die Dame, die auf den
Strich geht)** und wartet auf eine Antwort
Isidors.
Und auch der schmachtet kummervoll vor sich
hin. Auch er träumt davon, von seiner Adelinde
freudig in den Arm genommen zu werden. Vor

allem aber macht er sich unkeusche Gedanken über seinen weit entfernten Schatz. Zu schön waren Adelindes Beine. Ganze sechs Rehschlanke Knuddelbeinchen, die jeder verliebten Filzlaus den Verstand rauben können. Nur wie kommt eine kurzbeinige Laus von der Mitte rauf zum Kopf? Wie kann so eine Liebe, die so weit auseinanderliegt, erfolgreich funktionieren?

Ihr habt ja so Recht! Die beiden Liebenden bekommen nie die Chance sich in liebevoller Zweisamkeit näher zu kommen. Eigentlich leben Adelinde und ihr Isidor so etwas wie eine Fernbeziehung, nur eben ohne Aussicht auf ein reales Treffen. Durch lautstarkes Zurufen gelingt es den Beiden sich in irgendeiner Weise bemerkbar zu machen. Isidor war meist derjenige, den die quälende Leidenschaft fester als Stahlketten im Griff hatte. So sind sie eben, die einsamen Männer!

Er war es, der immer als Erster seiner Adelinde eine gerufene Nachricht zukommen lässt.

„Allerliebste Adelinde-Maus", rief er dann nach oben,

„komm schon, gib mir ein Zeichen! Sprich, mein Herzblatt, wie geht es Dir? Ich hoffe, dass es Dir an nichts fehlt! Mann, ich jedenfalls zerfließe vor Sehnsucht! Ach wenn Du wüsstest, wie Du - mein Schatz - hier unten fehlst!"

Die darauffolgende Antwort von seiner Liebsten ließ nicht lange auf sich warten.

„Isidor", sagte Adelinde,

„auch Du fehlst mir sehr viel mehr als ich Dir. Hier oben auf Susis Kopf rührt sich zurzeit recht wenig.

Mich quält die Langeweile! Wahrscheinlich macht Susi - die alte Schnepfe - gerade Urlaub von ihrem aufreibenden Job auf der Matratze. Und Du weißt ja selbst wenn unsre Wirtin in Action ist, ist bei Dir und mir die Hölle los. Obwohl, ich denke mal, dass Du derjenige bist, der an vorderster Front mehr von Susis Leibesübungen miterleben darf. Durch dieses Treiben bist Du schließlich von Deinem einstigen Wirt, dem dauergeilen Franz zur Susi und zu mir übergewechselt. Ob Dich Dein ehemaliger Herr vermisst? Wohl kaum! Eine Filzlaus mehr oder weniger machen dem Kerl doch nichts aus! So einer hat genügend Reserven!"

„Adelinde", antwortete Isidor traurig,

„Du hast ja so Recht! Die nächsten Tage macht Susi Pause! Die Alte hatte die ganze Woche hindurch mächtig Stress. Zwanzig Kerle waren abwechselnd bei ihr zu Besuch. Und jeder wollte von ihr in liegender Position bedient werden. So ist sie eben, die alte Schlampe! Trotz alledem, was ich nach Beendigung von Susis Arbeit von den Kerlen zu hören bekomme, muss sie eine wahrhaft aufregende Sahneschnitte sein. Doch was interessiert mich die Susi, viel wichtiger bist mir Du, meine Liebe! Allein schon, wenn ich an Deine Beine denke geht mir einer ab und ich bekomme einen Steifen. Wie gerne würde ich an Dir und Deinem Körper wild herum knabbern! Doch der Weg rauf zu Dir würde bedeuten, dass ich, wenn ich jetzt losginge, erst als alter Tattergreis in Deinen Armen landen würde. Wohltuender Sex ist dann zwecks mangelnder Filzlauslibido passé. Uns Liebenden bleibt nur das Träumen!"

Isidor hatte mit seiner dramatischen Aussage leider Recht! Potenzpillen für altersschwache Filzläuse? Hm, die müssen erst noch erfunden werden.

Keiner der Liebenden fand deshalb eine annehmbare Möglichkeit sich in den Armen des anderen einzufinden! Welch ein Literaturepos hätte der gute alte Shakespeare durch das freudlose Dasein um die beiden Liebenden erschaffen! Romeo und Julia aus der Sicht der Läuse!

Die schöne Adelinde sitzt am oberen Ende einer Haarlocke von Susi und summt, wie es alle Verliebten in so einem Drama gerne tun, ein trauriges Lied, das von Leid und Unglück aller Liebenden handelt. Eine Romantikerin wie es im Buche der Liebe steht!

Aber auch ihr Isidor leidet! Er, der Hoffnungs-
lose, klammert sich an der Schambehaarung
Susis fest und träumt davon, wie er seiner Adelinde näherkommen kann.
„Nur für ein Viertelstündchen!", dachte er sich.
„Das würde mir, um der Adelinde und mir ein
nettes Schäferstündchen zu verschaffen, schon
reichen!"
Soll er sich für diese Worte schämen? Nein!
Durch seine angestammte Umgebung wäre es
wahrhaft kein Wunder solche unseriösen Gedanken zu hegen.
Adelinde war in der glücklicheren Position, die
Dame lebte ja auf Susis Kopf. Isidor hingegen,
der im Schoße der luderhaften Horizontaldame
sein Dasein fristet, wurde mehrmals am Tag wie
auch in den Nächten von irgendeinem wild-
fremden Kerl, der die Susi vernascht, durchge-
beutelt. Wer da keine unkeuschen Gedanken
aufkommen lässt, ist entweder eine schwule o-
der eine impotente Filzlaus. Für einen verliebten Filzlausmann, der mitten im besten Zeu-
gungsalter ist, ist dieser Umstand der pure Hor-
ror! Oft genug erfährt Isidor, dass durch die von
seiner Wirtin Susi verursachte Unzucht neue
Kameraden seiner Gattung hinzukommen. Und
jeder von diesen neu ankommenden Wichsern
bekommt eine stahlharte Filzlaus-Latte, wenn
sie die engelhafte Stimme Adelindes hören.

Wenn dieser Supergau eintritt, hieß es für den Gentleman Isidor, dass er für die Ehre seines Schatzes wilde und blutige Kämpfe ausfechten muss. Durch die Animation angetrieben, die Susi und ihre Kunden vollbringen, sind die Neuen geiler als die gesamte christliche Seefahrt mit ihren ewig angespitzten Matrosen. So eine agile Filzlaus, die neu hinzukommt, weiß wie man monströse Partys feiert. Bei dieser Gelegenheit geht auf Susis exklusivem Wuschelnest die Post ab. Und was tut die Susi dagegen? Na, was wohl! Freuen tut sie sich bestimmt nicht, wenn ihr so ein possierliches Käferchen ins Auge sticht.

„Scheiße!", denkt sie sich,

„der letzte Kerl hat mir ein Souvenir hinterlassen! Und nun zu Dir, mein Kleiner, es wird nicht wehtun, gleich hast Du es hinter Dir!"

Um sich von diesen Tieren zu entledigen, zupft sie jedes einzelne Exemplar aus ihrer krausen Wolle. Und jede Laus erlebt ihren von der Menschheit zugedachtem Tod. Zwischen den Zeigefinger von der linken und rechten Hand werden unerwünschte Tiere, die sich dort aufhalten, wo sich für gewöhnlich zahlungskräftige Freier befinden, in einem Akt von Ungnade ins Jenseits zerdrückt. Nur der alteingesessene Isidor lebt schon zu lange auf Susis Arbeitsplatz: er weiß um die Gefahren, die von Fingernägeln ausgehen, Bescheid. Er fand an einer delikaten Stelle einen Ort, an dem er vor den Attacken Susis sicher sein konnte. Wo? Hey, ihr geilen Geier, das geht nur Isidor was an! Kapiert!

Jedes Mal, wenn es an der Zeit war, dass das große Läusesterben auszubrechen drohte, verzog sich Isidor in sein geheimes Versteck. Und nachdem das erdbebenmäßige Geschiebe vorbei war, rief die vor Angst besorgte Adelinde runter zu ihrem durchgebeutelten Galan:

„Schatzilaus, sprich, lebst du noch? Du sollst wissen, dass ich es nie ertragen könnte, wenn Du Bekanntschaft mit Susis Fingernägeln gemacht hättest!"

Und so ging ein Liebesschwur nach dem anderen vom Kopf zur Körpermitte und auch wieder zurück. Und wenn ein neuer Spielkamerad die Susi auf frivoler Ebene durchschüttelt, macht sich Isidor eilig daran, sich aus dem Staube zu machen.

Obwohl? Hm, wenn die Susi so richtig loslegt, wackelt das ganze Schlafzimmer und der Isidor wackelt mit. Warum auch nicht! Ist doch toll, wenn eine Dame in ihrem Beruf vollends auflebt. Keine Frau sollte dazu verdammt sein, ihrem Gatten nur als brave Hausfrau zu dienen. Und außerdem bringt so eine Karrierefrau wie die Susi jede Menge Geld ins Haus. Da freut sich doch jeder Herr, der sich vor körperliche Arbeit fürchtet. Oder?

Erst wenn das Erdbeben vorbei ist, kriecht Isidor aus seinem Versteck hervor, um seiner Liebsten Anteil an seinem Erlebten haben zu lassen.

„Mein Pralinchen, Du kannst Dir gar nicht vorstellen, was die beiden Popper an Schweinereien angestellt haben. Ich sah aus meinem Versteck heraus, wie der Kerl unsre Susi fix und fertig verließ. Aber zuerst drückte er ihr zum Abschied einen 500er in die Hand. Nicht schlecht finde ich! Heute muss die alte Schlampe wirklich gut gewesen sein."

„Och, Du Armer", antwortete Adelinde in einem sarkastischen Unterton,

„das ganze Wohllusttreiben muss ja sehr grausam für Dich gewesen sein! Und was tue ich? Ich langweile mich hier oben zu Tode! Und Du, Du alter Schelm erlebst jeden Tag aufs Neue wie Liebe funktioniert!"

„Aber Adelinde", sagte Isidor,

„was hab ich davon? Ich darf doch nur zusehen!"

„Na ja", antwortete Adelinde,

„Du hast ja Recht! Es ist nun mal so, dass uns dieser Spaß bis in alle Ewigkeit verwehrt bleibt! Isidor, weißt Du was, dafür, dass die Susi ihren

Job voll auskosten darf, beneide ich sie ungemein!"

„Aber Adelinde", wandte Isidor ein,

„die Susi macht es doch nur des Geldes wegen!"

„Na und", sagte Adelinde etwas angesäuert,

„so wie die abgeht, hat unsre Wirtin unendlichen Spaß bei der Arbeit. Und zudem verdient sie eine Unsumme Geld. Und was hab ich? Ich hab nur eine vage Vorstellung von dem, was die Dame in ihrem Bett so treibt."

„Und", antwortete Isidor,

„was soll ich tun? Ich würde zu gerne Deine schönen Beine und anderes streicheln, nur wie soll ich zu Dir rauf kommen? Einen Lift nach oben gibt es nicht!"

„Ach Isidor", sprach Adelinde melancholisch,

„wärest Du ein echter Mann, fändest Du einen Weg zu mir!"

„Das war echt gemein von Dir!", antwortete Isidor.

„leider haben wir Filzläuse nicht wie alle anderen Insekten Flügel. Wir sind dazu verdammt auf unsren kurzen Beinen die dunkle Welt, in der wir leben, zu erkunden. Schatz, ich sag Dir was, bis ich oben bei Dir angelangt bin, bin ich von alters her längst ein impotenter Loser, der nichts mehr auf die Reihe kriegt. Willst Du das?"

„Nein", antwortete ihm Adelinde,
„natürlich nicht! Aber was ist schlimmer, ein
Kerl, der auf halber Strecke zu seiner Liebsten
zusammenbricht oder eine vornehme Dame - so
wie ich – die als unberührte Jungfrau – oder
Laus – die Welt verlassen muss?"
Ach geh", gab ihr Isidor zur Antwort,
„dafür musst Du Dich nicht vor Susis Fingernägeln fürchten. Adelinde, wir sind gerade dabei
uns vielleicht zum letzten Mal zu streiten. Dabei musst Du unbedingt wissen, dass ich Dich
mehr als mein Filzlausdasein liebe!"
Isidors Worte beschwichtigten das Drama wegen fehlender Zuneigung. Die Adelinde begann
sich für das, was sie sagte, zu schämen. Und um
dies zu unterstreichen, fing sie hemmungslos zu
weinen an. Und jeder, wirklich jeder echte
Mann wird dabei weicher als eine frisch gebü-
gelte Babywindel werden. Um seine Liebste zu
beschwichtigen, schickte Isidor ein elegant ver-
sendetes Luftbussi hinauf zu Adelinde. Solch
nette Andeutungen würden im Normalfall eine
enttäuschte Dame wieder zum Träumen antrei-
ben. Mit dieser Geste erkämpfte sich Isidor einen kleinen Sympathiepunkt.
Eigentlich würde er seinem Schatz doch eher
rote Rosen zukommen lassen, aber auf Susis
Lotterwiese sucht man herzerweichende Blumen vergebens. An diesem vom unzüchtigen

Business verdorbenen Ort wachsen nur quälende Hautpilze, die sich Susi von ihren zahllosen Kunden als Souvenir eingefangen hatte.

Und so blieb den Beiden nur eine Beziehung die aus der Entfernung fungieren sollte. Man darf ruhig Mitleid mit den armen Seelen haben. Denn auch wir Menschen erleben in Laufe unseres Daseins so manche Liebesmüh.

Nur haben wir die Möglichkeit uns auf dem Spielplatz der Liebe schneller einen neuen Partner einzufangen. Oft genügt, wie bei der Susi auch eine prall gefüllte Brieftasche, um ans Ziel zu geraten. Doch Läuse – egal ob es sich um Kopf - oder Untenrum-Läuse handelt – haben kein Geld für solche Spielereien! Und so sind Adelinde und Ihr Isidor dazu verdammt in den Träumen zueinander finden. Für die Adelinde ist ein solcher Verzicht ja noch akzeptabel, sie kann ja als Jungfrau immer noch heilig werden. Schön! Aber wie steht es mit Isidor? Der arme Tropf muss tagtäglich von Susis unzähligen Freiern erleben, wie beglückend so ein Sextreffen sein kann. Dem Loser bleibt nur eine Alternative! Der darf sich aus purem Frust heraus mehrmals am Tag schmerzhafte Watschen auf seinen Saugrüssel hauen oder so lange wichsen, bis sich das Rückenmark auflöst.

„Ach Isidor", sagte Adelinde an manchen Tagen,

„wenn es uns in diesem Leben nicht vergönnt ist, uns zu treffen, so bleibt uns nur die eine Hoffnung: ich denke da an einem gemeinsamen Märtyrertod! Viele Paare, die in derselben Situation sind wie wir, erleben einen solchen dramatischen Abgang!"

Beide begannen bei diesen Worten sehnsuchtsvoll zu schluchzen. Zu traurig war ihre Situation!

Der Wunsch eines gemeinsamen Todes sollte für Adelinde und Isidor bald Wirklichkeit werden, denn ihre Wirtin - die Susi - musste sich wie jede andere aktive Nutte auch jedes Vierteljahr zum allgemeinen Gesundheits-Check in ärztliche Obhut begeben. So eine gründliche Rundumuntersuchung, bei der der Arzt die Susi von den Zehen bis rauf zu ihren Haaren sehr, sehr intensiv begutachtete (**die geile Sau**) war Pflicht für jede horizontal arbeitende Dame. Oft durfte die Susi erleben, wie sich der Arzt getrieben von quälender Wollust schmatzend auf die Lippe biss. Und dabei dachte sich Susi:

„ha, ich glaub', da hab ich einen neuen Kunden an der Angel!"

Doch Halt! Nach Minuten des Befummelns wurde der Arzt leichenblass. Was war geschehen?

Was der zu untersuchende Arzt entdeckte sollte nicht als Reklame für Susis Arbeit dienen -

mehr noch, es konnte zum Konkurs ihres Geschäftes führen!

„Meine Dame", sagte der Arzt mit strenger Mine zu Susi,

„Was muss ich sehen! Fräulein Susi, mich ekelt! Sie beherbergen Kopf - und Filzläuse! Ein wahrer Privatzoo!"

„Das glaub ich nicht!", rief die empörte Hure aus,

„woher sollte ich das Ungeziefer haben? Ich bade mich jeden Tag!"

„Na, na, meine Dame", sagte der Arzt mahnend, „fehlende Hygiene ist nicht der Grund, dass Sie solchen Tieren an ihrem Körper ein Dasein bieten. Kann es sein, meine Gute, dass Sie sich das Viehzeug von einem Ihrer Freier eingefangen haben? Bestimmt! Ich muss mich schon sehr über Ihre Naivität wundern! Egal woher! Diese Viecher müssen unverzüglich ausgerottet werden! Verstanden! Sonst entziehe ich Ihnen den Bockschein **(Fachjargon für den Gewerbeschein freischaffender Nutten)**!"

Das war das endgültige Aus für Adelinde und ihren Isidor! Oder dürfen wir von einem Happyend reden? Ja! Die Beiden durften wie gewünscht - wenn auch nicht Hand in Hand - aber immerhin gemeinsam von der so brutalen Weltbühne abtreten. Doch dieses eine Mal kamen nicht wie üblich die Fingernägel Susis zum Einsatz, nein, durch die Abmahnung des Arztes sollte Chemie, in Form eines Läuse abtötenden Pulvers das Leben der unglücklich Verliebten auslöschen. Was für ein heroisches Ende! Der Tod von Adelinde und Isidors Tod sollte sich in einem dramatischen Akt einer aussichtslosen Vergiftung vollziehen. Die beiden Delinquenten husteten sich bei jenem Läuse abtötenden Pulver regelrecht zu Tode. Das romantische Sterben in seiner edelsten Form! So einen heroischen Abgang haben sich Adelinde und ihr Isidor redlich verdient! Und die Menschen? Die freuen sich ungemein für die beiden Verliebten, dass sie gemeinsam in den Tod gehen durften. Liebe Leser, Sie sehen selbst, durch die allgegenwärtige Chemie und den ungezügelten Hass gegenüber Läusen wird unser Erdball um zwei weitere Tiere ärmer werden. Jetzt frage ich Euch, wo soll das noch hinführen?

13 Hallo schöne Frau, bitte ein Bier

Ich hatte im Streit wegen einer Lappalie **(zu dünnem Kaffee)** zum Wirt meines Stammlokals Arschloch gesagt. Und was tut der Kerl? Der spielt den Beleidigten, was mir ein Lokalverbot auf Lebenszeit einbrachte. Nun, ich fühlte mich im Recht, als ich zu ihm sagte sein Kaffee schmecke wie abgestandene Katzenpisse. Aber das „Arschloch" war dann doch zu viel Frechheit, das ich gegen meinen einstigen Koffeindealer aussprach. Schlimm? Nein!
Dieser Hinauswurf sollte mir nur recht sein, denn bei Kaffee, bei dem man selbst ohne Brille bis zu dem Tassenboden schauen konnte, kann ich das ausgesprochene Verbot locker akzeptieren. Und wie ich mich kenne, wird es nicht all zulange dauern, bis ich einen geeigneten Ersatz fürs Kaffeeschlürfen gefunden habe. Und so begab ich mich auf die Suche nach einer neuen Lokalität. Ich musste auch gar nicht lange danach suchen, ein paar Häuser weiter - nicht weit von meinem einstigen Wirkungskreis **(dort, wo der Wirt ein Arschloch ist)** fand ich es, ein Idyll voller Harmonie! Hier gefielen mir sogar die stets aufdringlichen Spatzen im dazugehörigen Lokalgarten, die bei den Gästen um jeden

149

Kuchenbrösel bettelten. Und was für ein Kaffee! Wau, das edle Gebräu lief mir wie geschmeidiges Öl durch meinen verwöhnten Gaumen an den Mandeln vorbei. Mann, dieser Koffeinhammer haut so richtig rein! Sowas belebt das müde gewordene Nervenkostüm. Und der Kuchen erst! Diese leckeren Sahneteile stammten, wie ich schon beim ersten Bissen bemerkte, nicht von unserer Erde, sondern kamen auf direktem Wege aus der himmlischen Götterkonditorei. Solch leckere Süßspeisen können nur Engel produzieren.

Mindestens zweimal die Woche ließ ich mich hier sehen. Hier servierte man mir den weltbesten Kaffee und einen Kuchen, der nicht von dieser Welt zu sein schien. Und vor allem eines, hier an diesem beschaulichen Ort fand ich meine Ruhe. Keine nervigen Schwätzer oder Wirte, die bei jeder Gelegenheit den Beleidigten spielen, waren zugegen um mich in die Schwermut zu treiben.

Außer den Wirtsleuten Anton und seiner Elli standen mir zwei Bedienungen zur Verfügung. Die Antonia, eine Sechzigjährige, die als ewige Bedienung mit allen Wassern gewaschen ist, und die Sylvia. Doch die Letztere hatte gerade ihren Urlaub, weshalb ich mir von dieser Dame noch kein Bild machen konnte. Ich wusste vom Hörensagen nur eines, dass sie fünfundzwanzig

Jahre jung sei und recht gut aussehen sollte.
„Na ja", dachte ich mir gelangweilt,
„das tun doch alle Bedienungen!"
Ich sollte mich, was das Aussehen jener Dame
betrifft, gehörig irren!
Die Sylvia – wie ich bei ihrem ersten Anblick
bemerken durfte, war nicht nur gutaussehend,
nein, die Tante war der ultimative Hammer!
Sylvia sah so fetzig aus, dass jeder Kerl, wenn
er sie zum ersten Mal zu Gesicht bekommt, sich
unweigerlich in unmoralische Gedanken ver-
stricken musste. Diese aparte Dame strahlte die
gefährliche Sanftmut einer schlafenden wie
auch männermordenden Amazonenbraut aus.
Das bedeutet Gefahr!
„An der", sagte ich leise zu mir,
„kann man das bisschen Verstand verlieren, das
uns Männern zu tragischen Helden der Geschichte machen lässt!"
Und da stand sie mit ihrer bis zu den Hüften rei-
chenden blonden Wuschelmähne. Und das
azurblaue Leuchten ihrer Augen sollte das Ge-
samtbild Sylvias vervollkommnen. Unwider-
stehlich für jeden Mann, der noch etwas Feuer
in seinem Temperament trägt! Darin einzutauchen ist wie das Gefühl als jugendlicher Adonis
in eine blaue Lagune an einem tropischen
Traumstrand einzutauchen.
Ach was rede ich bloß für einen Unsinn! Ich

rede nur von Sylvias blondem Haar und den blauen Augen, dabei hat das Mädel einen Body, an dessen pfirsichweicher Haut man sich Verbrennungen 3.Grades einfangen konnte. Und ihre zwei neckischen Argumente – fest und dennoch weich - **(woher ich das alles weiß? Meine Fantasie sagte es mir!)** die Sylvia dort geparkt hat, die sich Brust nennt, fallen jedem sofort ins Auge. Kein Wunder, da doch das Girl keinen einengenden BH trägt. Bei jeder Bestellung beugt sich dieser Vamp viel zu weit herunter, damit der jeweilige Gast einen tiefen Einblick in Sylvias Tabuzone erhaschen konnte. Geil! All meine unzähligen Freundinnen ob nun aus früheren oder aus jetziger Zeit - waren im Vergleich zu Sylvia nur noch purer Durchschnitt!

Ich wusste, wenn mich diese Praline ansprach, werde ich für die nächsten Wochen an Schlaflosigkeit leiden. Eines musste mir beim Anblick Sylvias klarwerden, ich würde jede Nacht an die Zimmerdecke starren und Millionen Herzchen anstatt Schäfchen zählen. Aber was half's! Ich muss vor dem Charme jener hübschen Dame die weiße Fahne schwenken.

Von nun an kam ich jeden Tag ins Café, um meiner Sylvia aus gebührender Entfernung meine umtriebige Aufwartung zu machen. Und Sylvia tat das Ihrige, um meine verworrenen

Sinne Lambada tanzen zu lassen. Um mir den
Rest zu geben, lächelte mir die unverschämt
freche Göre meist mit einem Auge zwinkernd
ins Gesicht. Waren es zuvor noch Wochen, sind
es jetzt Monate, in denen ich schlaflos und von
Sylvia träumend im Bett lag. Glaubt mir, solche
Gesten produzieren unmoralische Träume!
„Na, was wünschen der gutaussehende Herr",
sprach Sylvia jedes Mal, wenn sie mich sah,
„was kann ich Ihnen Gutes tun?"
Hätte ich auf diese Frage eine ehrliche Antwort
gegeben, hätte ich von Sylvia bestimmt einige
Fausthiebe erhalten.
Also sagte ich:
„Fräulein Sylvia, ich bin schon zufrieden, wenn
Sie mir ein Bier zum Abkühlen bringen wür-
den!"
„Wie?", fragte das Lausegirl,
„Sie müssen sich abkühlen? Ist Ihnen zu heiß?"
Und dabei lächelte sie mir so frech zu, was zur
Folge hatte, dass der Reißverschluss meiner
Hose um einige Nummern zu eng wurde. Ge-
danklich lief mir der Sabber im Mund von einer
Seite zur anderen. Aber ja doch, schließlich bin
ich auch nur ein Mann!
Um bei Sylvia einen netten Eindruck zu hinter-
lassen, bemerkte ich, dass meine Brust – natür-
lich völlig ungewollt anschwoll und mein Bier-

bauch wurde zugunsten einer von mir erzwungenen Atempause auf Warteposition gesetzt. Mit anderen Worten, ich bemerkte an mir, dass ich wieder zu einem potenten Teenager mutierte, der ständig zu jeder Schandtat bereit war.

„Mit so einer männlichen Figur", dachte ich mir,

„wird doch jede Frau – egal ob alt oder jung schwach werden!"

Ich verfolgte jeden Schritt, wenn sich Sylvia von mir wegbewegte. Dabei wackelte Sylvias neckisches Hinterteil wie ein süßer Plumpudding. Es waren schöne Schritte, die einen zum Schwitzen brachten!

Normal trinke ich nur ein Bier am Tag, aber um der Schnecke Sylvia nahe zu sein, soff ich jeden Abend mindestens fünf bis sechs Gläser, was meinen Erregungszustand immer weiter in die Höhe trieb.

Das ganze Lokal war mit purer Erotik – hervorgerufen durch Sylvias laszive Bewegungen - durchdrungen.

Irgendwann – an einem Freitag zur späten Stunde und nach acht Bieren war es dann soweit! Ich sah meinen Engel auf Grund des exzessiven Biergenusses mehrmalig.

Wau, und da sagt doch der Volksmund tatsächlich, dass zu viel Bier der Zurechnungsfähigkeit schadet. Blödsinn! Nur durch Bier war es mir möglich, nicht nur eine, sondern zwei Sylvias gleichzeitig zu sehen. Toll! Sylvia mal zwei. Und nachdem ich bezahlt und meinen Schatz mit einem fürstlichen Trinkgeld beglückt hatte, ging es auf wackligen Beinen nach Hause.

Sie wissen schon! Genau! Um die ganze Nacht hindurch Herzchen zu zählen!

Dieses Spielchen lief ganze zwei Monate. Mittlerweile bekam ich richtig Stress! Wie Stress? Damit meine ich, dass ich meinen Überziehungskredit vollends ausgeschöpft hatte. Ich lief Gefahr, dass sich in meiner Bank die gesamte Belegschaft krümmend vor Lachen auf den Boden wirft, wenn ich mir von meinem Girokonto nur noch fünfzig Euro abheben wollte.

Nur einer, der noch etwas Ehre in seinem Charakterkostüm hatte, sagte unter vorgehaltener Hand zu mir:

„Herr Deuml, unter uns gesagt, Sie sind pleite!"

Ich wusste ja selbst, so kann es nicht weitergehen! Aber ein alternder Esel, der sein altersschwaches Herz an eine junge attraktive Stute verloren hatte, ist doch wohl ein gefundenes Fressen für einen Psychiater und seine Couch. Nur noch ein akademisch geschulter Fachmann kann mich vor dem finalen Absturz retten! Aber wie so oft im Leben eines Mannes diktieren Sexualhormone seinen Tagesablauf. Und das heillos erschöpfte Bankkonto spielt den Trauermarsch zu jenem Geschehen!

Es ist eben ein Drama! Denn mit jedem Bier, das ich mir gönne, wird die rotzfreche Sylvia schöner und schöner! Ich kenne keine einzige Dame weit und breit, die so gekonnt einen Augenaufschlag zustande brachte wie sie. Und ich? Ich liebte das freche Girl! Ein Verlorener, der von allen Seiten her von umtriebigen Hormonen umzingelt war. Diese fiesen Mistviecher! Doch irgendwann war ich des ewigen Anhimmelns meiner Sylvia zu müde und ich wollte unbedingt Klarheit! Ein Date musste her! An einem Abend - nach fünf Bieren sprach ich meinen Engel an:

„Fräulein Sylvia, ich glaube, dass ich mich etwas in Sie verknallt habe! **(Mit meinen sechzig Jahren hat man nicht mehr so viel Zeit und deshalb spreche ich nicht umständlich um den heißen Brei herum, sondern komme in Liebesdingen sofort zur Sache.)** Darum wollte ich Sie in aller Form fragen, ob Sie mit mir ein gepflegtes Abenddiner mit Kerzenlicht und Champagner einnehmen möchten? Natürlich in einem verschwiegenen Hotel ohne weitere Personen, die uns und unsern Abend stören könnten. Und? Was sagen Sie zu meinem Angebot? Bitte, bitte lassen Sie mich nicht leiden! So sagen Sie doch ja!"

„Aber Hallo!", antwortete Sylvia mir,

„Herr Deuml, so frech und angriffslustig heute? Sie haben ja so recht! Es wird wirklich Zeit, dass wir uns näherkommen! Mit größter Freude werde ich Ihrem tollen Angebot bezüglich des Abenddiners ohne neugierige Zaungäste nachkommen. Nur eine Frage wäre da noch offen?"

„Welche?", antwortete ich verliebt.

„Sprechen Sie, ich bin ganz Ohr!"

Und als ich das sagte, entsandte ich einige Herzchen und einen grazilen Luftkuss in die Richtung, aus der mir Sylvia in erotischster Manier zulächelte.

„Herr Deuml", sagte Sylvia,

„was ist mit meinem Verlobten, dem Franz? Darf ich den auch zu unserm Treffen mitbringen? Sie müssen wissen, dass mein Schatz ein totaler Romantiker ist, der für sein Leben gerne Champagner im lauschigen Kerzenlicht trinkt!"

Aus zuvor noch in erotischer Hitzewallung befindend wurde ich nach dieser verheerenden Antwort unter quälender Eiseskälte zurück in die Realität geworfen.

„Hm", murmelte ich resignierend, als ich von Sylvias Verlobten hörte,

„mein Fräulein, ich glaube, das mit unserer Verabredung kann nicht gutgehen! Ein Hotelzimmer für drei Personen kann ich mir nicht leisten! Das wird zu teuer! Also vergessen Sie, was ich gesagt habe!"

Und als ich das zu Sylvia sagte, sah ich mir die Dame etwas genauer an. Jetzt erst bemerkte ich, was mir in meiner ersten Verwirrung entgangen ist.

„Na ja", sagte ich leise zu mir,

„so toll ist die Sylvia nun auch wieder nicht!"

14 Robert Deuml (Vita)

Robert Deuml wurde als Robert Deumelhuber am 29.04.1958 in Tettnang, Baden-Württemberg geboren. Mit fünf Jahren kam er nach Niederbayern genauer nach Landshut. Die Schulzeit Deumls war durchwachsen. Durchwachsen deshalb, weil er lieber vor sich hinträumte als dem öden und knochentrockenen Unterricht zu folgen. Trotz alledem war er sehr beliebt bei seinen Lehrkräften - besonders bei den Lehrerinnen, denn sein Talent zu schleimen sollte im Klassenzimmer einzigartig sein. Daher verwunderte es niemanden, dass seine Lieblingsfächer die Kunsterziehung und das Deutschfach waren. Das Malen von naiven Bildern – Deuml hatte mehrere Ausstellungen in seiner Heimatstadt und in der Münchner Kunstgalerie Charlotte Zander sowie bei Kunsthandel Hans Holzinger, ebenfalls München - ist neben dem Schreiben selbst erfundener Geschichten zu allen Zeiten sein absolutes Steckenpferd. Erst nach mehreren sinn- und freudlosen Aufgaben fand Deuml endlich eine Anstellung am Münchner Flughafen. Seiner Meinung nach ist dies der beste Arbeitgeber deutschlandweit.

Bereits erschienene Bücher des Autors:

 Gratisfett für Jedermann

ISBN: 978-3-7448-3721-7,
Paperback, 2017,
177 Seiten, 8,99 EUR

 Herzlich willkommen ihr
Süßen

ISBN: 978-3-7460-7403-3,
Paperback, 2018,
192 Seiten, 7,99 EUR

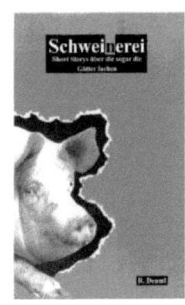

Schweinerei

ISBN: 978-3-7528-4211-1,
Paperback, 2018,
168 Seiten, 7,99 EUR

Rote Herzchen fressen Hirn

ISBN: 978-3-7481-4828-9,
Paperback, 2018,
168 Seiten, 7,99 EUR

Der kleine Deuml

ISBN: 978-3-7412-9194-4,
Paperback, 2019,
108 Seiten, 7,99 EUR